# 大角羊卡拉格

〔加〕欧内斯特·西顿◎著　王　媛◎译

中国妇女出版社

**图书在版编目（CIP）数据**

大角羊卡拉格 /（加）欧内斯特 · 西顿 (Ernest Seton) 著 ；王媛译. -- 北京 ：中国妇女出版社，2019.3

（全世界孩子都喜爱的动物故事）

ISBN 978-7-5127-1608-7

Ⅰ.①大… Ⅱ.①欧…②王… Ⅲ.①儿童故事－作品集－加拿大－现代 Ⅳ.①I711.85

中国版本图书馆CIP数据核字（2018）第120068号

## 大角羊卡拉格

**作　　者：**〔加〕欧内斯特 · 西顿　著　王媛　译
**责任编辑：**陈经慧
**封面设计：**尚世视觉
**责任印制：**王卫东
**出版发行：**中国妇女出版社
**地　　址：**北京市东城区史家胡同甲24号　　　邮政编码：100010
**电　　话：**（010）65133160（发行部）　　65133161（邮购）
**网　　址：**www.womenbooks.cn
**法律顾问：**北京市道可特律师事务所
**经　　销：**各地新华书店
**印　　刷：**三河市祥达印刷包装有限公司
**开　　本：**150×215　1/16
**印　　张：**9
**字　　数：**100千字
**版　　次：**2019年3月第1版
**印　　次：**2019年3月第1次
**书　　号：**ISBN 978-7-5127-1608-7
**定　　价：**29.80元

# 目录

CONTENTS

# 02 松鼠旗尾巴传



# 03 真实的狼孩故事

# 01

# 大角羊卡拉格

扫描二维码
听导读

## 两只小羊

在落基山脉中，有一片郁郁葱葱的森林，还有辽阔壮丽的草原，那里草木繁茂，高处却岩石丛生，怪石林立，山势险峻。

在高原的北面，与之连接的地方耸立着一座山峰，名为“甘达峰”，上面覆盖着一层岩石。

这个时节，在被白色和紫色覆盖的高原上，春日的暖阳照射在积雪上，冰雪逐渐消融。在雪地上，出现了两条弯曲的虚线，虚线由很多小点构成，一直延伸到没有积雪的地方，当到了前方有雪覆盖的地方，那些小点点又出现了。因此，这条由小点点构成的虚线断断续续，时有时无。

在靠近高原的巴库河畔，一位名叫斯科迪的老人独自生活在自己建的小房子里。小房子的后面有一个山冈，登上山顶能够看到高原，还能看到那些苍茫的雪地。

此时此刻，斯科迪回到屋里，他从墙上取下一把猎枪，然后出了门。

每年春天如果下雪，他都会在雪后拿着猎枪去山里打猎。这个时候的雪地上会出现动物的脚印，这些脚印都非常清晰，能让猎人辨认出猎物的行进方向。其实，雪地上出现的虚线就是动物们踩上去

### 落基山脉

落基山脉是美洲科迪勒拉山系在北美的主干，由许多小山脉组成，被称为北美洲的“脊骨”。落基山脉南北狭长，北至加拿大西部，南达美国西南部的德克萨斯州一带，几乎纵贯美国全境。除圣劳伦斯河外，北美几乎所有大河都源于落基山脉，是大陆重要的分水岭。

的脚印。

斯科迪翻过山冈，开始仔细打量起苍茫的高原和山峰，这一带是大角羊经常出没的地方。他还没走多远，就看到雪地上有两排足迹，他自言自语道："这肯定是两只大角羊的足迹，而且离开不超过1小时，或许它们发现后面没有追兵，因此足迹凌乱不堪。"假如后面有老虎或者豹子等天敌追赶着，留下的足迹应该是一条直线，而现在却到处都是脚印，这样来看，它们应该处于优哉游哉的状态。

斯科迪沿着这些足迹追过去，又找到了大角羊躺倒的痕迹：有一只大角羊横躺在雪地上，整个身体的轮廓被印在了上面。然后他又发现，这只大角羊突然间站了起来，向前方跑去。

真是奇怪，大角羊为什么会躺下去呢？这个地方有许多大角羊喜欢吃的青草，不过这些草没有被它们吃过的痕迹，看来它们的肚子都不饿。

斯科迪向远处看了看，再看看脚下，继续小心翼翼地向前行进。他绕过一块巨石的尖角，来到了一片洼地，这里有许多盛放的白羽扁豆花。突然，两只母大角羊从洼地的某个地方蹦了出来。

斯科迪下意识地握紧了猎枪，如果现在立即开枪，肯定能把这两只母羊打死，可就在他准备扣动

### 大角羊

顾名思义，巨大的犄角以及魁伟的身材为大角羊的显著特征。大角羊为牛科，产于北美洲，有7个不同的亚种，它们中的5种都生活在沙漠地带。而山区大角羊则以偏远的荒山野岭为家，我们故事中的大角羊就为山区大角羊。山区大角羊是这7种中体形最大、数量最多的。山区大角羊比山羊更敏捷，其中公羊也比其他种类的公羊更好斗。

扳机时，他看到洼地中间有两只小羊踉踉跄跄地站了起来。

“啊，原来是两只小大角羊！太棒了，我一定要亲手抓到它们。”他把猎枪放在身边的石头上，冲着小羊跑了过去。

这两只小羊刚刚出生，还站不稳呢，而且它们也搞不清楚亲疏远近，居然朝着斯科迪走过去。

“咩——”就在危急关头，母羊突然大叫起来。虽然小羊们刚刚出生，但也能听出其中的意思，这个朝它们走过来的人一定非常

危险。所以，它们立即跑回母羊身边。

小羊们的奔跑速度还很慢，斯科迪很快就追上了它们，就在他正要抓住它们的时候，小羊们突然身子一跃，躲了过去，这应该是它们与生俱来的天性。

# 角上长疙瘩的小羊

斯科迪本以为这两只小羊还站不稳，可以轻松地抓住它们，结果拼命去抓，也没能抓住一只。

“哼，走着瞧，我非把你们抓住不可！”

他执着地追赶着两只小羊，东奔西跑，但他越是急于追到小羊，却越是追不到。

这两只小羊在奔跑的过程中，四肢逐渐变得雄健有力，轻而易举地就从斯科迪手上逃脱了。最后，斯科迪脚底一滑，没有站稳，狠狠地摔倒在地上。

“真要命！哼，咱们走着瞧！”

斯科迪还摔了好几下，这期间有几次还碰到了小羊的身体，可都被小羊们躲了过去。

母羊一边呼唤着小羊，一边向远处跑去，小羊们听到妈妈的呼

唤声，离开了这一片开满白羽扁豆花的草地。很快，小羊们就筋疲力尽，支撑不住身体了，但是一到坚硬的土地上，它们马上又精神焕发，因为在坚硬的地面和布满岩石的地方，大角羊们才能施展拳脚，也只有这些地方可以让它们练习跳跃。

不久，大角羊们来到了甘达峰下一个凹凸不平的地方，这一带有很多陡峭的悬崖，一不留神就可能跌下去。两只母羊正往悬崖上爬去。小羊们来到悬崖下面，心中油然而生一股新生的力量，就像小野鸭第一次碰到水时，会义无反顾地跳下去一样，小羊们看到这险峻的山势，也不由自主地想要攀爬。

小羊们用自己黑色的蹄子紧紧地抓住岩石的一角，蹄子犹如一块磁铁牢牢地吸在了铁块上，然后晃晃悠悠地爬了上去。等它们爬到岩石上，身体里好像充满了不可思议的力量，就像长出了翅膀一样，沿着险峻的悬崖向远处攀爬。

“啊！真是后悔啊！”

斯科迪后悔没有随身携带猎枪，猎枪就放在远处的岩石上。然而，现在后悔也无济于事了。

此时此刻，甘达峰上浓雾弥漫，大角羊们也消失在烟雾中，完全看不到踪迹。第二天，斯科迪又到山上，仔细地寻找了一整天，也没有发现大角羊的影子。

对于大角羊们来说，山峰的高处并不是它们理想的生存地，这里虽然岩石众多，却鲜有杂草。不过，这儿却是躲避敌人最佳的地点。

小羊们很快就能跟着母羊四处奔跑了，这会儿就算是美洲狮过来追逐它们，它们也能紧跟在妈妈的身后逃之夭夭。

小羊们出生后不久，积雪逐渐消融，高原上长出了很多甘美的嫩草，大角羊们被这些美食包围了。

两只小羊经常一起玩耍，有一只身体特别敦实，长了个白色的鼻子；而另一只出生几天时头顶就长出了小角疙瘩，身形高大。

它们有的时候互相追逐，有的时候就在母羊身边玩耍。它们最喜欢玩一种叫作“山大王”的游戏。这种游戏的规则是：一只小羊先爬到岩石或者高一点的地方，另一只小羊追过去，想方设法把那只小羊赶下山头。

假如后者使出了吃奶的劲儿也不能把前者赶下去，它会说：“哼！这个山头太破了，我才不想要呢！”于是爬到旁边的山头上，煽风点火地说：“你要是有本事，就过来抢这个山头啊！”

就这样，守住山头的那只小羊就会跑下来，去进攻另一只小羊的山头。它会故作凶狠，目露凶光，并且把粉色的小耳朵弄到后面。等两只小羊在一个山头上时，它们圆圆的小脑袋会挤在一起，拼命用身体去冲撞对方。

当有一只小羊的前腿跪下时，就意味着它认输了。它会立即转过身，扬起后腿跑开，把这个山头让给赢的一方。

白鼻子小羊要比另一只小羊重一些，因此它经常取得胜利，不过要是比赛跑步，它就比不上那只角上长疙瘩的小羊了。

到了晚上，小羊们会依偎在妈妈的身边，安心地入睡。那只角上长疙瘩的小羊精力旺盛，经常天没亮就醒来了，而那只白鼻子小羊总是等所有的羊都醒过来，它才会起来。

在大角羊的屁股上有一个白色的圆形图案，那是它们自己独特的标志。白鼻子小羊屁股上的白色圆形图案特别大，因此非常醒目。每天太阳升起来时，长疙瘩的小羊总会用角上的疙瘩去顶还在睡梦中的白鼻子小羊的屁股，把它弄醒。

## 加入羊群

很久以前，在这片土地上，大角羊群体庞大，然而由于住在附近的斯科迪时时都在追捕它们，以至于现在甘达峰上的大角羊所剩无几。

在斯科迪家的房顶上，有很多漂亮的公羊角，屋子里有一半的地方，堆满了准备拿去卖的山羊皮。

到了六月初，斯科迪又拿着猎枪上山捕猎大角羊了。不过，他的出现，很快就引起了大角羊们的注意。

“站在那里，千万别动！”

羊妈妈向小羊们发出警告，小羊们在岩石上停下脚步，它们的身体和周围的岩石融为一体。没多久，斯科迪就消失不见了，大角羊们赶紧向远处逃去。

有一天，大角羊们绕过一片松树林时，突然闻到了一股陌生的气味。

它们停下来，仔细闻了闻：“这到底是什么味道呢？”这个时候，一只黑色的动物从岩石后面蹿出来，扑倒了白鼻子的妈妈。

原来，这是一只凶狠的狼獾，它长着一身黑色的毛发，样子十分可怕，一下子就把白鼻子小羊的妈妈咬死了，然后又马上扑向还没反应过来的白鼻子小羊，可怜的小羊毫无还手之力，当场也被咬死。

疙瘩小羊和它的妈妈也吓了一跳，当它们反应过来后，马上逃跑了。

疙瘩小羊的妈妈头上有两只尖角，好像钉子一样，我们不妨称它为“钉子妈妈”。

钉子妈妈和疙瘩小羊很快就跑到了甘达峰的陡坡上，没一会儿就爬了上去，狼獾在杀死白鼻子小羊和它妈妈之后并没有追赶过来，这会儿可能正在享受大餐呢。

疙瘩小羊和钉子妈妈爬到了陡坡的最顶端。钉子妈妈来到制高点，观察着周围的情况。

钉子妈妈忽然停下来，告诉疙瘩小羊：“别动！敌人来了！”

原来，远处又出现了斯科迪的身影。

就这样，疙瘩小羊和它妈妈站在那里，不敢动弹。很快，斯科迪就消失在树丛中。

疙瘩小羊跟着钉子妈妈，向着远方拼命奔跑。日暮时分，它们来到了亚库伊卡库山的山脚下。它们看到远处有一些模糊的身影，那是一些动物奔跑的身影。钉子妈妈看了好久，才看出那是它们的同类，赶紧跑向那边。疙瘩小羊也紧紧地跟在妈妈身后。

很快，钉子妈妈就找到了两只公羊留下的足迹。大角羊虽然是群居动物，但是在它们的习俗中，公羊和母羊是分开生活的，只有冬天时才聚在一起。如今已经是春天了，钉子妈妈便不再追踪那两只公羊了。

第二天，钉子妈妈和疙瘩小羊吃过鲜美的嫩草后，继续前进。这一次，钉子妈妈闻到了一股味道，那是带着一群孩子的母羊的味道，它马上循着气味追过去。白鼻子小羊死去后，疙瘩小羊失去了一个做游戏的同伴，它感到孤单寂寞，当它知道前方有新朋友时，兴高采烈地跟着妈妈跑过去。

也就花了两三分钟的工夫，它们就追上了羊群。于是，它们躲在岩石后面观察着羊群。这群大角羊就在不远处，有十多只母羊带着小羊。由于疙瘩小羊把整个脑袋都探出去了，附近的羊群很快就发现了它们。

看到它们，羊群吓了一跳，不断发出警告声。顷刻间，它们站在原地，一动不动。

钉子妈妈和疙瘩小羊慢悠悠地走过去，这时羊群里也走出来一只母羊，它在钉子妈妈的面前停下，用前蹄敲击地面，发出“咔嚓咔嚓”的

声音。而后，两只母羊低下头来，羊角撞到一起，只听见“咣”的一声，两只母羊打了起来。

钉子妈妈的力气非常大，这只母羊停了下来，回到了羊群中。钉子妈妈跟在它身后，疙瘩小羊也跟了过去。对于钉子妈妈和疙瘩小羊的靠近，其他的大角羊都围了上来。其实，刚才的那场战斗，只是羊群接纳新羊的一种仪式。

# 羊群首领

扫描二维码
听导读

在这个羊群中，有八只小羊，不过这八只小羊都比疙瘩小羊年纪大，因此身形也比它大。钉子妈妈加入后，母羊们很快就把它视为羊群中的一员，而疙瘩小羊并没有得到小伙伴们的认可。

其实，在小羊的世界里，有一个约定俗成的规则，那就是用比试力气的方法，来决定要不要接纳新来的伙伴。因此，疙瘩小羊就遭到了这群小羊的坚决抵制。

一只小羊突然从疙瘩小羊的身后悄悄地顶过来，疙瘩小羊一转身，其他小羊也从四面八方冲了过来。所以，疙瘩小羊不停地调转方向，随时让身体改变方向。虽然如此，仍然有小羊撞过来。最后，疙瘩小羊只能向妈妈求助，它逃到了钉子妈妈

的肚子底下。

就这样，在钉子妈妈的保护下，它安全了。然而，如果疙瘩小羊再次遇到同样的问题时，它总不能一直躲在妈妈的肚子底下吧！

第二天清晨，发生了一件令人气愤的事情。天蒙蒙亮时，羊群中的小羊都醒过来了，它们聚在了一起，想继续欺负疙瘩小羊。

在这些小羊里，有一只最大、最结实，头上还没有长出角的小公羊，它觉得欺负疙瘩小羊很好玩，所以那天早上它第一个冲向刚刚睡醒，正想起身的疙瘩小羊。

通常来说，当羊想要站起来时，会先让后腿站起来，以便支撑住身体，不过，疙瘩小羊的后腿还没站稳呢，那只小公羊就趁机冲了过来。可怜的疙瘩小羊猛然受到冲撞，倒在地上翻了几个滚。

疙瘩小羊火冒三丈，从地上“嗖”的一下跳起来，冲那只小公羊撞过去。它们的脑袋挤在一起，拼命地用角去顶对方。

开始的时候，疙瘩小羊一直处于劣势，它被顶得节节败退，然而，它角上长出的小疙瘩可帮了大忙，它用这个小疙瘩顶着那只小公羊的腹部侧面，顶了几下后，小公羊疼痛难忍，于是逃跑了。就这样，疙瘩小羊反败为胜，赢得了这场战斗的胜利。

从此，别的小羊都不敢再来欺负疙瘩小羊了。

钉子妈妈和疙瘩小羊被羊群接纳后，在这里安顿下来。所有的动物都会寻找让自己舒适的聚居地，在这个过程中，同伙之间也许会发生争斗。

要想在野生动物中当上首领，除了有强劲的力气之外，还要有卓越的智慧，最关键的是要能带领大家找出敌人的位置，而且能把大家迅速带到安全之地。只有这样，才能成为群体的领袖。

和人类社会的选举制不一样的是，羊群的首领是所有羊自己选定的结果，首领要让大家主动跟着走才行。大家都跟着它走了，它自然就是首领了；当大家都不再跟随它时，它会主动从群体中消失。

钉子妈妈和疙瘩小羊所在的羊群，首领是一只特别聪明的老母羊，也是之前和钉子妈妈比试力气的那只母羊。它的体形不大，是疙瘩小羊打败的那只小公羊的妈妈。

首领的头顶上有一对长短角，看上去就像庄稼收割后剩下的余茬儿。在羊群中，所有的母羊都觉得跟着它非常安全，所以它成了这个羊群的首领。

另外，所有的羊都是没有名字的，为了便于讲述这个故事，我们给首领取名为“余茬妈妈”，给它的孩子，也就是和疙瘩小羊打架的那只小公羊，取名为“小歪角”，因为它以后会长出一对歪曲的羊角。

如今，疙瘩小羊的妈妈正值壮年，头脑聪明，目光敏锐，无论发生任何事，都能沉着应对。它一直小心翼翼地注视着周围，发生任何情况它都能迅速地做出判断，然后停下来。

当它发现事情不大对劲的时候，就会马上通知伙伴。接到它的通知后，其他的羊会停下来，一动不动地站在原地。当然，最先发现危险的还是余茬妈妈，然后才是钉子妈妈。过了一段时间，在羊群中，钉子妈妈的地位一路攀升，仅在首领之下。

# 美洲狮

大千世界，无奇不有，在这个羊群里，有一些奇怪的羊。

有一只年轻的母羊，它喜欢在吃草的时候把两只前蹄弯起来，用膝盖顶着地面。其实，其他的羊从来不这样做，因为这是一种偷懒的姿势，而且用这种姿势吃草，会让膝盖上的皮变得坚硬，影响自身的跳跃。

长期以来，这只母羊都跪着吃草，因此它的膝盖上长了厚厚的一层“老茧”，它向两边跳和向后跳的能力逐渐消失了。在躲避敌人的时候，野山羊喜欢左一下、右一下地跳跃着逃跑，这只母羊已经失去了这种逃生的本领。

还有一只奇怪的母羊，个头娇小，不太听话。大家都不动时，它喜欢羞羞答答地摆动身体，这样一来就把羊群给暴露了。

夏天马上就要来了，大角羊们仿佛在渴望着什么，全都一副魂不守舍的模样。然而，它们也搞不清楚为什么会这样。在这个时期，它们长时间地站立，很少吃草。

最后，在首领的带领下，它们走出大山。对羊群们来说，这是一件十分危险的事。因为越往山下走，敌人越多，但首领仍然选择离开那里，向山下走去。

羊群所走的这条路，是以前从没有走过的。钉子妈妈似乎觉察到了什么，总是心神不定，前面好像会有危险，不过它也无可奈何，只能跟着羊群一起前进。中间，好几次它都停下来，仔细地聆听周围的声音，看看有没有危险。

余茬妈妈一直带领羊群前进，没有休息片刻，昂首挺胸地走在最前面，其他的羊虽然有些害怕，但仍默默地跟在后面。

就这样，羊群走下了高山。通常，大角羊们生活在地势高的地方，不太去这么低的地方。

过了一会儿，余茬妈妈停下脚步，死死地盯着前方，两只耳朵也竖了起来，其他的羊也凝视着远方，突然间精神焕发。眼前，大角羊们最憧憬的事情出现了：在开阔的陡坡上，出现了一条长长而洁白的地带。

余茬妈妈首先来到这条“白带”的最上方，其他的羊也跟了过去。

大角羊们冲上去，不停地吃着这些白色的东西。对于它们来说，这是最佳的美食，怎么吃都吃不够。

大角羊们一直在吃，没过多久，就感觉到嗓子不干了，耳朵和眼睛处的热度也在降低，而且，头也不疼了，发烧、发痒的皮肤也舒服多了，消化不良引发的胃病也好多了。

这些东西就像灵丹妙药一样，一吃身体就好了。原来，大角羊们吃的这些东西就是大自然生产出的盐。那条白带简直就是专为野生动物准备的“天然盐场”，能够调理它们的身体状态。

富有生活经验的余茬妈妈一早就知道这个地方了，所以在夏天来临时，它才把伙伴们都带了过来。

两个小时悄无声息地过去了，大角羊们吃得饱饱的，心满意足地跟着余茬妈妈回去了。

在这条“白带”的周围，长着很多鲜嫩的青草，大角羊们吃过

盐后，又吃起了青草。不过，这里十分危险，由于溪谷两边都有密林，要是敌人躲在里面，并且偷偷靠近，很难发现它的行踪。

余茬妈妈和钉子妈妈都希望能早点回到高山上去，所以带头走出了这片草地。然而，其他的羊不太愿意，它们想多吃一会儿青草再回去，缓解一下长途跋涉的疲劳。

在这些不听话的羊中，余茬妈妈的孩子“小歪角”尤为执着，别的羊都走出了草地，它还留在那里吃草。

余茬妈妈走到半路时，才发现“小歪角”不见了，只好回去找它，又回到了那片草地上。就这样，其他羊也跟着余茬妈妈一起回去了。羊群无法在天黑之前回到高山上，因此只好在森林里度过这难熬的夜晚。

夜色慢慢暗下来，一只凶恶的美洲狮朝大角羊们走过来。对于鹿和大角羊来说，美洲狮是最可怕的敌人，专门捕杀大角羊的幼崽，别看它体形庞大，但走起路来悄无声息的。

这会儿，这只美洲狮闻到了森林里传来的大角羊的气味，赶紧偷偷地来到这里。美洲狮在路上行走的时候，不小心踢到了一块小石头，小石头顺势从陡坡上滚下去，发出了微小的声响。

钉子妈妈听到这个声响时，马上向羊群发出警告，带着疙瘩小羊拼命奔跑，最后爬到了一处陡峭的悬崖上。而这个时候，美洲狮

已经杀到了羊群里，其他的大角羊们慌忙四处逃窜。

余茬妈妈告诉自己的孩子们：“紧紧地跟着我！”然后，它用力地跳起来。可调皮的小歪角却不听话，跑到了另一边，它以为那里安全，所以没有跟在妈妈的后面。它没跑多久，就发现只剩自己了，其他的大角羊都躲起来了。这时，它开始向妈妈求救：“妈妈，你在哪儿啊？”

正逃跑的余茬妈妈听到小歪角的求救声，顾不得凶狠的美洲狮，又回到了那片草地上。狡猾的美洲狮等候多时，一看到余茬妈妈回来了，猛地扑了上去，可怜的余茬妈妈当时就被咬死了。

在咬死了余茬妈妈后，贪婪的美洲狮又扑向其他的大角羊，可机敏的大角羊们左跳右跳，摆脱了美洲狮的袭击。只有那只跪着吃草的大角羊被抓住了。

逃脱成功的大角羊们纷纷爬上了悬崖，这里非常安全。

等它们停下来的时候，发现首领余茬妈妈已经被咬死了，而带领它们逃跑的居然是钉子妈妈。

## 钉子妈妈

就在这个时候，悬崖底下传来了小羊的叫唤声：“咩——咩——”

钉子妈妈在羊群中做出回应，于是这只小羊循着声音爬了上来，原来是小歪角。它走进羊群里，找了一圈都没有找到自己的妈妈，现在它变成了一个孤儿。

很快，天色亮了起来。到了傍晚时分，小歪角仍然形单影只，它不停地呼唤着自己的妈妈，却始终没有得到一点儿回应。

此时，钉子妈妈做出了回应。在钉子妈妈的允许下，小歪角走到钉子妈妈的身旁，在疙瘩小羊的身边躲了起来。

就这样，小歪角也得到了钉子妈妈的精心照料。

钉子妈妈绝顶聪明，羊群中再也找不到比钉子妈妈还机灵的

羊了，于是钉子妈妈就成了羊群的新任首领。钉子妈妈呵护着小歪角，不分亲远，都像对自己的孩子疙瘩小羊一样。

小歪角虽然失去了妈妈，但得到了钉子妈妈的照料，不过它没有知恩图报，不仅不感谢钉子妈妈和疙瘩小羊，反而千方百计地要赶走疙瘩小羊，独占钉子妈妈的乳汁。

如今，疙瘩小羊已经长大了，能够和小歪角抗衡了，而且疙瘩小羊特别聪明，战斗方法也高明许多。它狠狠地教训了一次小歪角，从那之后，小歪角变得比以前听话多了。

此后，这两只小羊再也没有打过架。不过，小歪角一直充满敌意地对待疙瘩小羊，表面温顺，暗地里却总想找个合适的机会教训一下疙瘩小羊。

小羊们逐渐长大，头上的角也越来越大，越来越长。小歪角的犄角长得十分粗壮，疙瘩小羊的犄角也再不是小疙瘩了，因此以后不能再叫它们的小名了。小歪角就叫“歪犄角”吧！疙瘩小羊就叫“卡拉格”吧！因为再过几年，甘达峰一带的人们都这么称呼它，这个名字永远留在了甘达峰的历史长河中。

日复一日，年复一年，卡拉格和歪犄角的身体和阅历都在增长。有一年夏天，它们学会了所有大羊角的生存技能，知道如何跳跃着躲避敌人，如何爬上悬崖，也许现在的它们比妈妈做得还要好，它们也弄懂了一些小技巧，还记住了去往天然盐场的路。

即便如此，卡拉格和歪犄角还在吃妈妈的奶。然而，它们头上的角太长了，吃起奶来太不方便，于是，钉子妈妈就让它们断了奶。

断奶之后，卡拉格和歪犄角必须离开钉子妈妈，开始独立地生活。那一年，暴风雪不断袭来，对于卡拉格来说，新生活就要开始了。

在钉子妈妈带领的羊群之中，有一些小羊也慢慢长大了，但并没有离开羊群，只是不再和以前一样，紧紧地跟在妈妈的屁股后面。

有一只两岁的小羊，认为自己已经长大了，脑瓜聪明，于是随心所欲地自由行动。没过多久，它就被斯科迪抓住了，皮毛被他剥下来，和其他大角羊的皮一样被堆放在他的小屋里。

母大角羊看到自己的孩子长大了，能独立生活了，于是放下心来，继续新的旅程，那就是去寻找公羊。

夏天的时候，当母大角羊先找到公羊群时，并不会马上走过去。而在冬天，天寒地冻的时候，母羊和公羊会互相靠近，互相依偎，这时候就到了大角羊的交配期。

假如公羊群和母羊群远远地看到对方，首先应该发送信号。这年冬天就是这样的。发完信号后，两个羊群才慢慢地靠近，公羊群先走过去。有两只外形漂亮、身肥体壮、头上还长着美丽犄角的公羊，先走了过去。

这两只公羊耸动着肩膀和犄角，得意扬扬地走到母羊面前，然而，在此之前一直在寻找公羊的母羊们却转身离开了。见到母羊们离开了，公羊们赶紧追上去，经过一番追逐，母羊们最终同意了公羊的加入，接纳它们成为羊群里的一员。

不过，这个时候突然发生了一件可怕的事，那就是刚才还一起追逐母羊们的两只公羊打起架来，正用它们美丽的犄角在顶对方。羊角被冲撞成碎片，它们还没有停下来，战况异常激烈。最后，身体稍差一些的那只公羊被打败了，从地上跃起，然后逃跑了，一场战争就这样结束了。

对于眼前的这场战争，卡拉格和歪犄角看得瞠目结舌，不过获胜的那只公羊完全没有察觉到在一旁的卡拉格和歪犄角。这是因为，虽然卡拉格和歪犄角已经成年，但在那只公羊眼里，它们还是幼小的羊崽。确实，跟它相比，卡拉格和歪犄角不但力气小，犄角短，战斗的本领也不强，因此不足为惧。

然后，母羊们紧紧地跟着获胜的公羊，虽然它打起架来十分凶狠，但对母羊们却和蔼可亲。于是，在公羊的带领下，羊群爬到了高处。

溪谷里遍地积雪，青草被掩盖在积雪下面，在高处，风一吹积雪就散了，下面的青草露了出来。对于羊群来说，这里不仅有美食，还方便放哨，能及时发现敌情，敌人也无法靠近。所以，这里是大角羊们绝佳的安全港湾。

冬天过去一半的时候，那只获胜的公羊离开了羊群。对于它的离家走出，母羊们无动于衷，继续过起了往昔的生活，跟着钉子妈妈东奔西走。

没过多久，春天来了。六月初，母羊们陆续产下小羊，这里的母羊一般都生两只小羊，只有钉子妈妈还和去年一样，生了一只小羊。这会儿，它专心致志地哺育着这只新出生的小羊，不再注意卡拉格了。

有一天，正当钉子妈妈想要喂这只小羊吃奶时，其他的母羊发出警告：“敌人来了！”

一听到警告，大角羊们纷纷停下来，只有一只去年出生的小羊跑到了钉子妈妈面前。

只听见“砰”的一声，这只小羊倒了下来，它就站在钉子妈妈的前面。钉子妈妈也叫唤了一声，倒在了地上。

小羊被打死了。倒在地上的钉子妈妈不顾身体的疼痛，从地上一跃而起。它一边寻找自己的孩子，一边爬上岩石。

枪声再次响起，钉子妈妈的眼里闪过一个人影，原来是去年想抓小羊的那个男人。

钉子妈妈对自己的孩子说：“都跟在我身后！”然后向远处跑

去。然而，它的伤势严重，子弹穿过那只小羊的身体，又打中了它的腰部。如今，钉子妈妈只能支撑着身体，继续向前奔跑，它的孩子也紧紧跟随其后。没过多久，一只小羊跑到了它的前面，拼命地向前方跑去。

钉子妈妈的身边不知从何时起，同伴和敌人的身影都消失了，它只能努力往山上爬去。在它面前有一条白色的地带，这是没有融化的积雪。

最后，钉子妈妈来到了积雪覆盖的高地，它身体发热，疼痛难忍，想把自己浸在雪地里降降温，于是倒在雪地上，就像是一座垮塌的山峰。

它身负重伤，爬上高地，在爬山的过程中，体力耗尽，它的腰上有一条长长的、黑黑的血线。过了很久，钉子妈妈慢慢地没有了呼吸，它走完了生命中最后的一段旅程。

它旁边还有一只小羊，一直看着妈妈，搞不懂妈妈为什么睡在地上而不愿醒来。它饥寒交迫，一直盯着妈妈，等着它醒过来。最后，这只可怜的小羊也死在了冰天雪地里。

现在，在它的尸体上，有一只专吃腐肉的乌鸦正站在那里。

# 公羊首领

到了这会儿，卡拉格已经成年了，它长成了一只漂亮的大角羊，比羊群中所有的母羊都高，犄角也出类拔萃。歪犄角也成年了，不过比卡拉格稍矮一些，犄角又短又粗，还不光滑，比卡拉格的差远了。

秋天过去后，大角羊再次迎来了交配期，和往年一样，那只漂亮的公羊再一次出现在羊群中。这只公羊一走进卡拉格所在的羊群，首先就把羊群中几只刚成年的小公羊给赶了出去，其中就包括卡拉格和歪犄角。

那些小公羊不想离开自己的妈妈，但它们打不过那只公羊，无奈之下只能离群而去。它们在外面奔波了四年，越来越强大，最后，它们也要告别单身生活了。

没用多长时间，卡拉格就成了新羊群的首领。它遗传了钉子妈妈聪明的头脑，很长时间以来，卡拉格过着单身的生活，不仅身体强健，还学会了许多生存的技能。

在卡拉格的羊群中，生活的全都是公羊，每一只公羊都憧憬着美好的未来，都想当上羊群的首领，统治羊群。

如今，卡拉格越来越漂亮，越来越强壮，本领也越来越强。童年时的小伙伴歪犄角也变得强大了许多，它依然讨厌卡拉格，自从它加入羊群以来，已经和卡拉格打好几次了，但一次都没有打败过卡拉格。

这个时候的卡拉格已经成为一只出众的公羊，它几乎赢得了所有大角羊的目光。它在险峻的悬崖间奔跑的身影，就跟飞鸟一样灵巧。卡拉格重约130公斤，但它在奔跑的时候轻如鸿雁。它优美的身姿不断地跳跃，身体变换出几种颜色，仿佛岩石上的精灵。

不光如此，卡拉格头上的犄角从宽度和长度上看，都异常漂亮，其他的大角羊完全无法与之媲美。而且，随着时间的流逝，犄角在不断地生长，就如树木有年轮一样，它的犄角上也长了五个年轮。

卡拉格的眼睛也很迷人。小的时候，它的眼睛是浓烈的茶色，现在则变成了金黄色，从远处看就像一颗宝石熠熠发光。

如今，卡拉格身体里充满了源源不断的能量，它喜欢和其他的公羊顶犄角。除此之外，它还喜欢爬上高高的悬崖，然后跳到对面去。对卡拉格而言，这是它最幸福的时光了。就连以前不敢想象的地方，它也会试一试，从一块岩石上跳到另一块上，从一个悬崖跳到另一个上。

每当碰到美洲狮或者其他敌人时，卡拉格就像小鸟一样，在岩石和悬崖间来回跳跃，很快就会把敌人甩远了。每当鹿群想占领高处时，它会用犄角来阻止它们上山，并把它们赶到山下去。在它

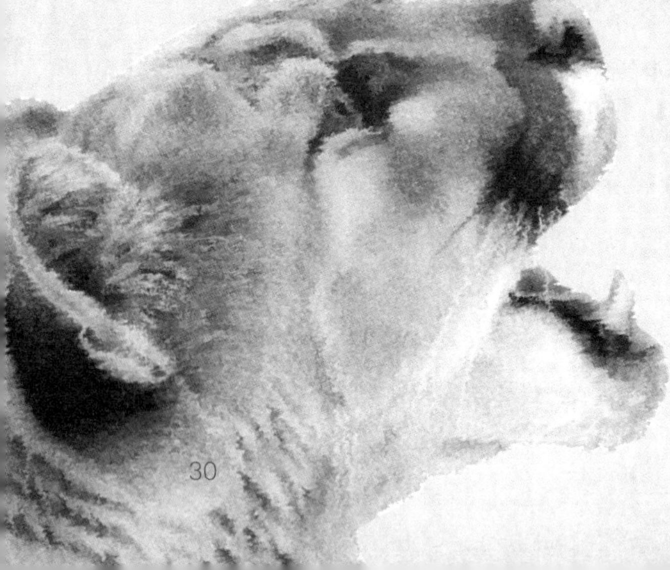

看来，这样的事情做起来非常快乐。

此时，外形漂亮的卡拉格越来越惹人注目。很快，冬天来了，大角羊们又到了交配期，卡拉格终于可以展示自己的本领，让所有的母羊倾慕了。

在公羊群里，除了卡拉格，其他的公羊也特别活跃，身体里流淌着无穷的精力，好像在迫不及待地寻找着什么。

# 大角羊首领

过了一段日子，卡拉格它们找到了一些大角羊的足迹，于是沿着足迹追过去，从很远的地方他们就看到了一群母大角羊。

它们终于找到了一直以来寻找的目标。然后，卡拉格带领着羊群从后面追过去。追上母羊群之后，两群羊友善地打了招呼，完成了公羊见母羊时进行的仪式，然后卡拉格就加入到母羊群中。

然后，短暂的和平就结束了，接下来公羊们扭打在一起。为了占有母羊群，公羊们进行了殊死决斗。

虽然其他的公羊也很想拥有母羊群，但它们都不是卡拉格的对手，最后卡拉格把它们都赶了出去。卡拉格成了母羊群的新首领，母羊们都很尊敬它，也很温顺，这让卡拉格心满意足。

然而，平静的日子只过了两天，母羊群又迎来了两只公羊，其中一只体格健壮，看上去和卡拉格差不多，不过它的犄角有些小，也没有卡拉格的好看；另一只公羊就是卡拉格的小伙伴歪犄角。这会儿，那只大公羊走进羊群中，向卡拉格发起了挑战。

为了守住自己的首领地位，卡拉格必须得应战，它马上冲向那只公羊。只听“咔嚓”一声，两只羊的犄角撞到了一起，声响震天，听上去非常吓人。然后，它们同时向后一跳，再次扑向对方。如此反复了几个来回，两只公羊打了个平手。

这两只公羊都年轻气盛，打架的本领都很高，每次犄角撞到一起时，都撞得碎片乱飞。它们不停地喘着粗气，打得始终不分上下，再加上它们的力气和体格都差不多，很难说哪一只公羊会取得最后的胜利。

突然之间，卡拉格站稳了脚跟，左侧的犄角灵活地避开了对方右侧的犄角，而且突发神力，想把对方撞倒。这时，出乎意料的可怕事情发生了。

它腹部的侧面受到了突袭，向后退了好几步，差点儿从悬崖上掉下去。危急时刻，卡拉格依靠着自己强大的本领，猛地转身，把

马上就要掉下去的身体调转回来。

原来，突袭自己的正是它童年的小伙伴歪犄角。由于卡拉格及时地转过身体，而歪犄角没有控制住自己的猛力，从悬崖上掉了下去，跌到谷底。卡拉格用余光看到了这个过程，这便是歪犄角的下场。它原本想用卑鄙的方法弄死卡拉格，结果却害得自己丢了性命。

卡拉格站稳之后，集中力量向对手冲过去。最后，那只公羊被卡拉格撞倒在地，从地上一跃而起后逃之夭夭了。就这样，卡拉格守住了自己首领的地位。

斯科迪几乎把附近山上所有的大角羊都捕猎一空，这一带已经没有多少猎物了，所以他现在也不住在巴库河畔了。就在这青黄不接的时候，他听说有人在科罗拉多州找到了黄金。于是，他就丢下自己在巴库河畔的小房子，匆忙赶往科罗拉多州淘金去了。

在斯科迪离开的五年里，卡拉格当上了羊群的首领，同为伙伴的大角羊们也都聪明绝顶，那些愚蠢的大角羊早已被大自然淘汰了。

这五年里，没有了猎人的捕杀，大角羊们生活在和平的环境中，因此数量越来越多。卡拉格的脑子越来越聪明，它不仅从妈妈那里学来了很多本领，在生活中也积累了很多经验，它还经常把这些经验教训传授给同伴。

对于羊群来说，有一条找到盐场的经验尤为重要，卡拉格就自己发现了盐场。它在高处发现了一个天然的盐场，这样一来，羊群就不必冒着极大的风险，跑去溪谷中的那个盐场了。

卡拉格还发现，要是远处有子弹飞过来，就算赶紧逃跑，也容易被子弹击中，还不如站在原地。卡拉格将此条经验分享给同伴，整个羊群都懂得了一种躲避子弹的方法。

那一年，在羊群中流行一种传染病。在病毒的侵袭下，很多母羊和小羊都患病而死，不过卡拉格战胜了病毒，顽强地活了下来。然而，这场传染病让它的身体受损严重，就连头上的犄角都停止了生长，那一年犄角一点儿都没有长大，而且之后的岁月也没再生长过。

# 奇迹时刻

五年之后，斯科迪再一次回到了巴库河畔，他虽然年纪很大了，但行走在山间仍健步如飞，就是眼睛不太好用了，视力大不如前，稍微远一点的东西都看不清了。作为弥补，他特意准备了一副双筒望远镜。

他的房子破旧不堪，急需修补。在修房子之前，他先去山上看了看，发现了两群大角羊，在其中一个羊群里，有一只与众不同的公羊，头上长着一对漂亮强健的犄角，这让老头眼前一亮。

斯科迪拿着望远镜，仔细查看了一番，不禁赞叹道："真是漂亮的犄角！这对犄角以后就是我的了，我一定要活捉这只羊！"

就这样，他决定搬回来住。他用了两天时间把原来的老房子修葺一新。对于所有的大角羊来说，老头斯科迪的出现，再一次把它们带回到担惊受怕的时代。

斯科迪开始上山捕猎大角羊。然而，由于年迈体衰，他追不上羊群。如今的大角羊可不同于五年前的那些羊了，在首领卡拉格的带领下，它们都变得非常聪明，跑得也很快。斯科迪从望远镜里多次看到了卡拉格的身影，但追了几小时之后，没等走到近处，羊群就躲远了，不留一丝踪迹。

一个晴朗的午后，有一个牧人走进了斯科迪的小房子里，他的名字叫作李。李天性爱捕猎，特别喜欢猎犬和野马。他有三条凶猛的猎犬，这些猎犬天生就会捕猎。

于是，李对斯科迪说："假如让我的猎犬去追山上的羊，画面肯定十分精彩！”

不过，斯科迪没有理会，反而露出了嘲讽的笑容。他说：“你肯定来自平原，不知道这里的大角羊怎么生活。在说这话之前，我觉得你应该先去了解一下，这样你就会改变想法了。”

李说：“既然这样，我们先去看看大角羊的生活环境吧！”

他带着猎犬和老头斯科迪一起进了山，直接来到甘达峰脚下。很快，斯科迪就发现了卡拉格的行踪。不过，当他们偷偷走近羊群时，才发现羊群已经不见了踪影。

放眼望去，卡拉格它们那些羊就像消失了一样，完全找不到一点踪迹。其实，卡拉格它们并没有逃向远方，而是躲在了岩石的后面。

以前遇到这种情况，老头斯科迪就打道回府了，而今天不一样，他们带了三条优秀的猎犬。猎犬们不停地在地上嗅着，突然狂吠起来。同一时刻，一只动物从近处跳出来，头上长了两只漂亮的犄角，这正是卡拉格。

老头大叫起来：“啊，这就是卡拉格！”

没错，它就是老头斯科迪追踪了很久却无法靠近的大角羊首领卡拉格。

在卡拉格的身后，不断地有大角羊跳出来。老头斯科迪和李慌忙地握紧猎枪，不过，因为那三只猎犬都追羊去了，所以他们不敢开枪，害怕误伤到猎犬。

羊群逃向远处的高原，在岩石上飞奔而去，在卡拉格的带领下秩序井然地向前奔跑，看上去犹如一根飘动的带子。

猎犬在坑洼不平的岩石间很难发挥自己的优势。

老头斯科迪和李也跟在身后追赶羊群去了。因此，羊群跑在最前方，其次是猎犬，最后是两个男人，它们环环相扣，向着高处跑过去。

接连跑了两三公里后，它们的距离越来越近，猎犬正在慢慢地逼近羊群。

对于羊群来说，现在面临着可怕的局面，正前方有一个陡峭的悬崖，悬崖高约150米，要是一不留神掉下去，肯定会跌个粉身碎骨。

然而，悬崖的对面，也是一个悬崖。这两个悬崖之间相去甚远，即便卡拉格跳跃能力惊人，也不可能跳到对面去。因此，对于羊群来说，或者跳下悬崖摔死，或者被后面的敌人追上，然后杀死。除此之外，没有别的选择。

眼下，大角羊们来到了死亡的边缘，是跳下去摔死，还是被敌人杀死，首领卡拉格必须要做出选择了。

就在这个时刻，奇迹降临了。只见卡拉格纵身一跃，从悬崖上跳了下去，消失在深谷中。不过，它没有摔到谷底，在它跳下去的时候，看到了对面悬崖下离自己9米远的地方，有一块凸出的岩石，只比自己的鼻子大一点，而其他的岩石像被刀削过，都十分平滑，难以踩上去。

卡拉格的前肢碰到那块凸起的岩石后，靠着岩石的力量，马上扭转身体，

看到了另一处位置更低的凸起岩石，于是转身又跳到了那块岩石上……

卡拉格就这样从悬崖上跳到了谷底，它的蹄子像是坚硬的橡胶，紧紧地抓住凸起的岩石，而后马上转身跳到低一些的岩石上。

两个悬崖并没有阻挡住卡拉格，它凭着自己细致的观察力和出众的弹跳力，在岩石之间来回穿梭，最后，安然无恙地跳到谷底的平地上。

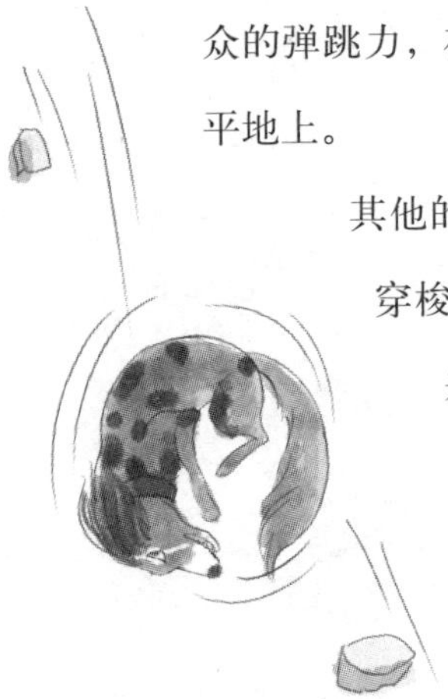

其他的公羊也都紧跟着卡拉格，一只接一只地跳下悬崖，穿梭在岩石之间，从一侧的岩石跳到另一侧，然后再跳过来，跳过去，最后慢慢地都到达了谷底。

远望过去，这些公羊鳞次栉比地跳跃，像是一条灰色的瀑布从悬崖间流淌下来，这时要是有一只羊犯了错误，其他的羊就会落到它身上，最后一起摔到谷底。

然而，并没有发生这样的事情。

最后一只大角羊跳下来的时候，后面追过来的三条猎犬居然也跟着跳下去了，不过它们都摔到了谷底，掉进谷底的小河里，沉沉浮浮，最后被水冲走了。

老头斯科迪和李赶到悬崖边上，默默地站在那里，看到了这一幕。山谷非常幽深，最后山羊和猎犬都不见了踪影。

过了一会儿，李哀恸地呼唤着：“阿依达！布莱恩！露露！”这是他为三条猎犬取的名字，虽然他不停地呼唤，但回应他的只有悬崖之间吹过的山风。

## 大战狼群

突然间失去了三条心爱的猎犬，李心情低落，伤心不已。没过几天，他又来到斯科迪家，想要说服斯科迪跟他一起进山。两个人一起向山峰的高处走去，斯科迪不时地用望远镜侦察，突然大叫一声：“哎呀，那不就是卡拉格吗？这个家伙还活着呢！”

李从斯科迪手里接过望远镜，看了一小会儿，回答说：“还真是，那些羊都没有死，只有我那三条猎犬摔死了。无论如何，今天我要活捉它们，为

死去的猎犬们报仇。”

然后，李就和斯科迪商量着捕猎卡拉格的方法：首先，斯科迪走到大角羊那边，故意让卡拉格看到他，从而把卡拉格的全部注意力吸引到自己身上，然后李悄悄地守在羊群的必经之路上，等它们逃跑经过时，把它们一网打尽。

为了让卡拉格看到自己，斯科迪专门走到高处。虽然他看不到卡拉格，但有一点可以肯定的是，大角羊们肯定一直在注视着他。

另一边，李来到大角羊们的必经之路，找到了一个绝妙的隐身处之后躲了起来。很快，羊群就跑过来了。他们的计划马上就要成功了。

正当李要活捉羊群时，出现了突发情况——五只狼从下面的森林里跑过来，追逐起这群大角羊。

羊群飞快地逃跑，没一会儿就跑到了山崖边上。在高耸挺拔的山腰上，有一条小径，卡拉格它们逃跑时会经过这条小径，然后才能逃到山崖的那边。

这条小径异常艰险，一边是刀削般的垂直悬崖，另一边是让人头晕目眩的山谷，

此外，小径异常狭窄，每次只能通过一只羊，一不小心就会掉下悬崖。

当羊群穿过这条小径时，一只母羊无意间被凸起的树根绊了一下，然后逐渐跟羊群拉开了距离，眼看着就要被那些狼追上了。

这个时候，作为羊群首领的卡拉格停下脚步，让那只母羊先过去，自己则转过身体，面向那些狼过来的方向，迎接它们的到来。

此时此刻，卡拉格就站在山崖边的小径上，小径狭窄得也只能让一只狼通过。开始的时候，最前面的那只狼冲向卡拉格，卡拉格突然一低头，用它那漂亮的犄角抵住了狼的尖牙，而且不断地晃动犄角，最后，那只狼被卡拉格的犄角刺中，这只狼和后面的那只狼撞到了一起，掉下悬崖摔死了。

其他的狼还没有死心，又有一只冲了过来。这只狼的下场也和第一只狼一样，被卡拉格的犄角刺中，也摔到了悬崖下。

马上第四只狼也发起了攻击，结果和前面三只狼一样，被卡拉格撞下悬崖。现在，卡拉格已经解决了四只狼，还有最后一只狼，眼前发生的一切并没有让这只狼逃之夭夭，而是也向卡拉格发起了攻击。

然而，这一次卡拉格主动应战，没等对方靠过来，它就用犄角使劲撞了过去。一股强大的力量把那只狼撞到了岩石上，与此同时，卡拉格没等它站稳，再次用犄角顶过去，狠狠地把它摔到了地上。最后一只狼也掉到了悬崖底下，身体在空中不停地

翻滚。

在悬崖边上，卡拉格凝望了很久，直到那只狼不再挣扎，它才晃动着脑袋，打了一个震天响的响鼻，迈着轻快的脚步，向羊群跑去。

对于猎人李来说，这会儿正是捕猎杀卡拉格的最好时机，因为卡拉格和狼战斗的地方离他只有50米，所以，只要李开枪射击，肯定会击中卡拉格。但是李看到卡拉格与狼群的精彩搏斗场面后，完全折服于卡拉格，因此一直没有开枪，他根本不想用猎枪打败这只勇猛的大角羊。

卡拉格走后，李一直坐在原处，纹丝不动，他的眼睛里充满了光芒，嘴上不停地说着："啊，真是个聪明勇敢的斗士！居然把我的猎犬全都弄死了，太不可思议了。你靠勇气和智慧获得了胜利，靠自己的实力赢得了我的尊重，我不会再伤害你了。"

# 斯科迪的追捕

猎人李打消了为自己的猎犬报仇的念头，可斯科迪并不赞同，他还在琢磨着如何才能抓到卡拉格，把它那对漂亮的犄角据为己有。

不光斯科迪这样想，其他的猎人也都抱有同样的想法。

对于猎人们而言，捕杀卡拉格并不容易，因为卡拉格总能摆脱他们的追捕。凡是追捕过卡拉格的猎人，全都空手而归，这其中也包括一开始就想捕杀卡拉格的老头斯科迪。

出于这个原因，越来越多的人知道了卡拉格的故事，它的声名从山上传到了城市里，而且各种消息满天飞。有一个喜欢收集珍奇异宝的商人在听了卡拉格的传闻后，对外宣布："太棒了！我愿意出高价购买卡拉格头上的那对漂亮犄角，要是有人能奉上卡拉格那带着犄角的脑袋，我一定给他花不完的钱。"

这个商人的这番话使得更多的猎人走进山中，他们的目标相同，那就是捉到卡拉格，弄到那对犄角，换取多多的赏金。

不过，没有一个猎人成功。

斯科迪也听说了赏金的事，更加踌躇满志，他说："这下看我的吧，只有我才能抓到卡拉格。"

然后，他找了一个志同道合的朋友，和他一起进山。很快，他们就发现了卡拉格的踪迹，它正带着一群母羊。他们赶紧追过去，可无论他们怎么追，总也追不上羊群。

斯科迪和他的朋友在山上追了三天，最后连卡拉格的影子都没

到了卡拉格带领的羊群。

这个时候，卡拉格正在琢磨要往哪个方向逃跑，只听见“砰”的一声，卡拉格的犄角被猎枪击中，子弹擦过它的犄角。

卡拉格被打得发了蒙，不过仍然告诉自己的同伴：“马上分散开，大家分头逃跑！”然后，它也向前奔跑起来。

在卡拉格的命令下，羊群立刻分散开来。斯科迪瞄准卡拉格逃跑的方向，直接追了过去，紧紧地跟在卡拉格的后面。卡拉格跳下了陡坡，跑向富拉特耶多河，穿过满是冰川的小河，跑向岩石之地。

即便如此，斯科迪也一直紧紧地跟随着它。

卡拉格向着东北方跑了一天，老头也跟着跑了一整天。

夜幕降临的时候，斯科迪就在原野上睡觉，早上起来之后，继续追赶卡拉格。

就这样，到了第五天，他来到湖边。其实，他对周围的环境了如指掌，他想抄小道，赶在卡拉格的前面埋伏起来。

等斯科迪到地方之后，天上刮起了猛烈的西风，人们把这种从落基山脉吹下来的风称为“齐努库”。然后，天空飘起了小雪，慢慢地变成了雨夹雪，把人的眼睛都吹得睁不开了。

卡拉格本来已经在斯科迪的眼前了，但暴风雪太大了，以至于他什么也看不见。这场暴风雪下了将近两小时，然后突然停了，天也放晴了。斯科迪又等了1小时，还是没有看到卡拉格的身影。

这让老头斯科迪警觉起来，他走过去查看周围的地面，没一会儿就看到了被暴风雪掩藏的卡拉格的足迹。这场暴风雪保护了卡拉格，让它从老头的眼皮底下溜走了。

也许，“齐努库”正是野生动物的守护天使吧。

其实，一直以来，“齐努库”都是大自然赋予落基山脉的礼物，它给整个山脉带来了春雨和冬雪，滋养着山里的树木和青草，还保护着生活在这里的野生动物。也正是它，把卡拉格从猎人的眼皮底下救了出来。

当然，斯科迪也熟悉“齐努库”，他研究“齐努库”的初衷是为了追赶猎物。如今，他想通过研究风向来了解卡拉格究竟跑到哪里去了。

凭着和卡拉格多次打交道的经验，斯科迪已经知道卡拉格想要逃去的地方，他了解这里的一草一木，很久以前，就是在这个地方，他多次发现了卡拉格的踪迹。

斯科迪对这一带了如指掌，卡拉格对这一带也十分熟悉，因此，在这个双方都熟悉的地方，卡拉格和斯科迪展开了身体和智慧的较量。

这会儿，斯科迪仍然在思考着风向。

“‘齐努库’刮过来的时候，卡拉格应该向西走，到了夜间，风向发生改变了，卡拉格又会向东走。”一番分析之后，斯科迪没有再去追卡拉格，反而抄小道去了他认为卡拉格可能去的地方。

正如斯科迪分析的那样，夜里“齐努库”的风向发生了改变。第二天清晨，斯科迪一醒来就看到远处有一个跳动的小东西正向这里跑来。“卡拉格果然来了这里！太好了，走着瞧吧！”斯科迪得意地说。

为了不暴露行踪，斯科迪选了一个能够遮住自己的身体，方便躲藏的好地方，可是，等他跑到卡拉格要去的地方后，却没有看到卡拉格。仔细观察之后，斯科迪在附近500米的地方找到了卡拉格。

“原来你在这里啊！让我吓一跳！这次还想逃出我的手掌心？别想了，没门儿！”

眼下，卡拉格离斯科迪的距离还很远，但他们能看到彼此，斯科迪也像卡拉格一样，纹丝不动，从远处看，就像两块石头立在那里。

没一会儿，斯科迪就拿起了猎枪，慢慢地瞄向卡拉格，他好像看到了卡拉格倒在地上的姿态。

“就算你现在想逃也逃不了了，我就是杀死你的人，你头上那对漂亮的犄角也得归我了！”斯科迪沾沾自喜地想着。

## 最后的捕猎

扫描二维码
听导读

斯科迪瞄准卡拉格之后，开了一枪：“砰！”

然而，卡拉格突然跳了起来，躲过了这一枪。之前它站着不动，一看到老头手上的猎枪冒出了白烟，就赶紧跳到一边去。

他们相距500米，足够卡拉格轻松地逃跑。子弹打到了卡拉格前面的雪地上，卡拉格马上跑了出去。斯科迪一直追着卡拉格，可仍被它远远地甩在了身后。

不过，斯科迪没有气馁，而是下定决心一定要抓住卡拉格，虽然这样会让自己的身体每况愈下。

每天晚上，斯科迪都裹着毯子在雪山上睡觉，天亮就起来继续追踪卡拉格。

虽然积雪覆盖了卡拉格的足迹，斯科迪连着好几天都找不到卡拉格，但他还是没有放弃。

有时候，他看到了卡拉格的身影，但离得太远，子弹根本就射不到它。卡拉格十分聪明，从来不出现在斯科迪猎枪的射程范围内。

卡拉格好像了解斯科迪的猎枪能够射多远，因此在逃跑的时候总能和他保持超过500米的距离。

经过一段时间的追逐，卡拉格好像明白了斯科迪的套路，改变了逃跑的方式。之前，它总是躲藏

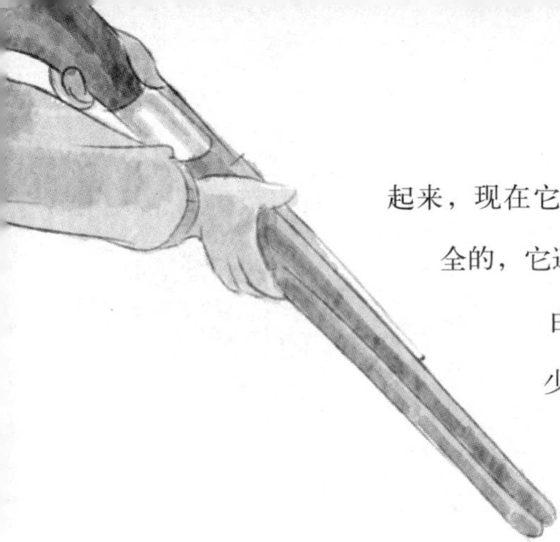

起来，现在它知道，出现在斯科迪的视野里是最安全的，它还故意在安全距离内吃起了草。

由于长时间地被追逐，卡拉格瘦了不少。冬天的食物本来就不多，再加上卡拉格为了躲避斯科迪，不停地在奔跑，从来没有舒坦地吃过一次草。眼下，对于卡拉格来说，除了老头斯科迪，饥饿成了它最大的敌人。

每天斯科迪停下来休息时，卡拉格也立即停下来，赶紧吃草，老头只要休息完准备追它的时候，它就立刻逃跑。

斯科迪已经进山追踪卡拉格五个多星期了。每天早上醒来后，斯科迪就会对着离自己很远的卡拉格大喊一声：“哎，卡拉格，新的一天又开始了！”这个时候，卡拉格就在远处的山上跺跺脚，仿佛在回应说：“来吧，就等你了！”于是，新一天的追踪行动又开始了。

日复一日，周而复始，如今，已经是第70天了。追逐行动仍然继续着。然而，卡拉格却发生了一些微小的变化，它习惯了被老头追逐，把追踪当作是普通不过的小事，而且，每当它看不到老头的身影时，它还会担心老头为什么没有追上来。

有一次，斯科迪站起来，凝望北方，但卡拉格却在另一边弄出

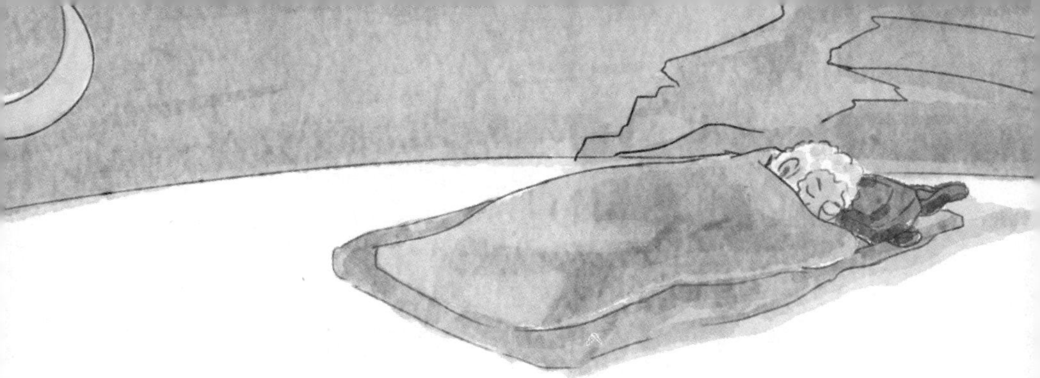

了声响，仿佛在告诉斯科迪自己的方位：“我在这里呢！”

还有一天早上，斯科迪在渡河时遇到了一些冰川，速度慢了下来，差点儿没追上卡拉格，但是他却听到了卡拉格发出的喘息声。原来，卡拉格发现斯科迪没有追上去，于是停下了脚步在原地等待。

整个冬天，斯科迪和卡拉格把附近的主要山峰都走遍了。就这样，一天天过去，现如今大雪连绵，整个山脉都笼罩在白色的积雪中。

卡拉格和斯科迪走在雪地上，远看就像两个小黑点，中间隔了很远的距离，但他们都在朝着一个方向前进。

时光飞逝，卡拉格和斯科迪由于天寒地冻和身体疲乏，身体逐渐衰弱。卡拉格的犄角和眼睛的光芒没有什么变化，但是脑袋上、肩上却出现了白毛。斯科迪的视力越来越差，白发也日渐增多。即便如此，他仍然一眼就能认出卡拉格的足迹。聪明的卡拉格在奔跑时，故意踩在别的大角羊的足迹上，想迷惑住敌人，可斯科迪却从来没上过当。

这也是猎人独特的本领，虽然日益衰老，但打猎的技术不会退化。

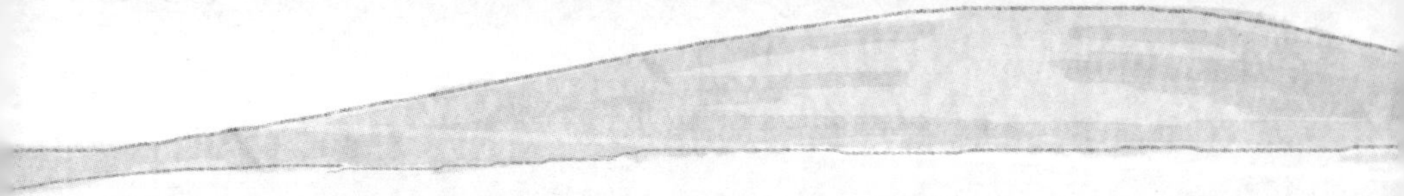

## 稻草人的秘密

暴风雪终于过去了，卡拉格和斯科迪又回到了甘达峰上。

如今，他们僵持了12个星期了。为了追踪卡拉格，斯科迪翻遍了十座山，奔波了800多公里。现在，又回到了卡拉格出生的地方。

有一天早上，和往常一样，卡拉格和斯科迪保持着一段距离，却又能看到对方。斯科迪抽起了烟斗，就在这个时候，他突然想到一个绝妙的点子。他抽完烟，就开始行动了。他折断了旁边的几棵小树，又捡了一些石头，然后带着这些东西向一边走去。

卡拉格一直盯着斯科迪，只见他做了一个稻草人，然后脱下自己的衣服，套在稻草人身上，然后从稻草人的后面，偷偷溜进了山里。

他紧紧地贴着岩石，弯着腰前进，花了一个多小时，才绕到卡拉格身后的那座山上。

老头看到卡拉格还在盯着稻草人，它肯定把稻草人当成斯科迪了，肯定心想："这个老头为什么一动不动呢？"

这个时候，斯科迪距离卡拉格不到300米，为了保险起见，斯科迪想再走近一点儿。他只能慢慢地向前爬行，唯恐被卡拉格发现。

斯科迪在后背上弄了一些积雪，以掩护自己的身体，然后继续往前爬，最后爬到了距离卡拉格只有50米的一块岩石上。

眼下，卡拉格近在咫尺，斯科迪甚至能清楚地看到从卡拉格鼻子里呼出的白气。对他来说，这正是猎

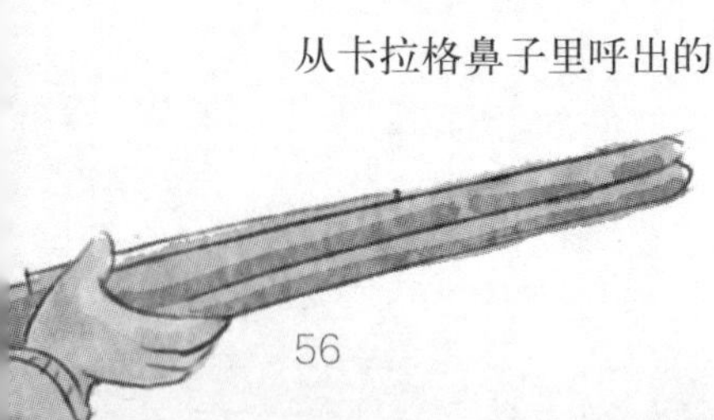

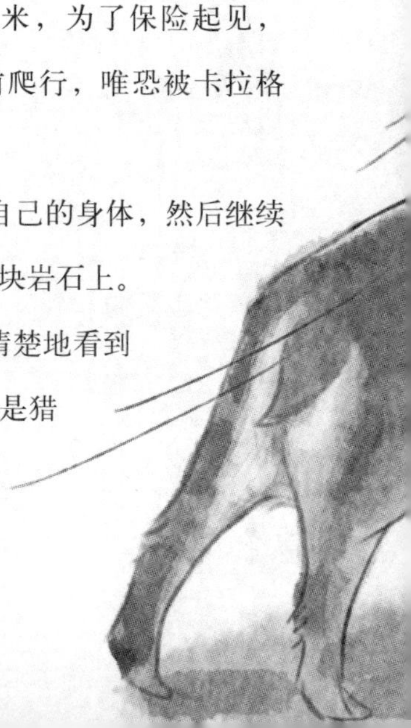

杀卡拉格最好的机会。

卡拉格久久地盯着远处的稻草人，偶尔不耐烦地跺几下脚。它完全不知道，危险即将到来。野生动物的守护天使“齐努库”去了哪里？

斯科迪举起猎枪，瞄准了卡拉格。然而，就在这时，一种莫名的恐惧浮上斯科迪的心头，他的手不由自主地颤抖着，对他而言，这是他梦寐以求的时刻，可不知为什么双手却不听使唤。

过了好一会儿，斯科迪的双手才停止抖动，他再一次瞄准卡拉格，扣动扳机。

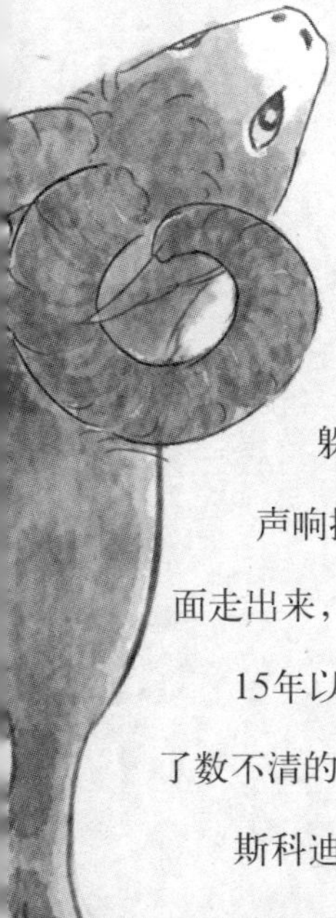

“砰！”

枪声在山谷中回响，开枪之后，斯科迪又低下头，躲在岩石后面。只听见不远处发出“嘎吱、嘎吱”的跺脚声，之后便是卡拉格拼命喘气的声音。

虽然听到了声音，但斯科迪完全不想站起来，仍然躲藏在岩石后面。

声响持续了两分钟，四周才恢复平静。然后，斯科迪从岩石后面走出来，看到了躺在雪地上的卡拉格。

15年以来，卡拉格在甘达峰上统领着羊群，脑袋上的犄角打败了数不清的敌人，现在却因为这对漂亮的犄角，而被夺走了性命。

斯科迪缓慢地走到卡拉格身边，低下头，悄无声息地盯着这只死去的大角羊首领。他没有盯着卡拉格的犄角，他看到卡拉格那双一直仰望天空的金色眼睛，并没有因为死亡而失去光泽和灵气，反而在阳光下熠熠生辉。

突然之间，斯科迪感觉到寒冷，就像他现在的心一样。为了追踪这只难缠的猎物，他在山里一住就是好几个月，现在，他获得了最后的胜利，然而却没有想象中那么欢喜雀跃。

在离卡拉格二十多米的地方，斯科迪背对它坐了下来。他往嘴里放了一些烟叶，可很快又吐了出来，因为嗓子干得快要冒烟了，根本嚼不动烟叶。

斯科迪不停地自言自语，都是一些骂人的话，也许他自己都不知道在说些什么。他一直就有这个毛病，只要遇到兴奋刺激的事，就会骂个不停，现在也是如此。

很快，他就沉默下来，沉默了许久许久。

然后，他又开始喃喃自语："假如有可能，我想让它活过来！"

现在斯科迪感觉有些寒冷，他把之前套在稻草人身上的衣服脱了下来，穿在自己身上。

他从口袋里拿出一把小刀，飞速地把卡拉格的皮剥了下来，然后把它的头割下来。这对斯科迪来说简直是轻车熟路。

做完这些后，斯科迪把卡拉格的皮和脑袋扛起来。

"啊，真是太重了！"

这要是在斯科迪刚进山那会儿，这点儿重量算不得什么，可如今他在寒冷的山上待了三个月才抓到卡拉格，他的身体已经大不如

前，这会儿有些拿不动那么重的东西。

“哎哟！”为了把猎物扛到山下，斯科迪只好低下身体，弯起腰，看上去就像一张弓，他不停地喘着粗气，步履蹒跚地向山下走去。

# 卡拉格的复仇

斯科迪想把卡拉格的脑袋做成标本，因此，下山之后，就去了城里的一家标本店。

他算好日期，在标本快完成的时候来到店里。这时候，制作标本的人问他：“您难道不想把标本卖掉吗？”

斯科迪十分平静地回答他：“这是多少钱都买不到的。”

等标本完成后，斯科迪马上抱着标本回到了自己的小屋里，并且把卡拉格的脑袋放到了光线最好的地方。

标本制作得非常完美，卡拉格的两只漂亮犄角跟以前一模一样，金色的眼睛也充满了灵气，尤其是眼睛里的光泽，让他想起了和自己较量了三个月的卡拉格。

斯科迪一直盯着标本，看了好久，然后找了一块布，把它盖了起来。此后，斯科迪很少把布揭开，他的朋友问起捕杀卡拉格的过程，他也支支吾吾地不愿意讲出来。

这让他的朋友感到奇怪，于是追问他究竟怎么了。他说："其实，我杀了卡拉格之后，虽然拥有了它的犄角，但卡拉格并没有死去，只是被我挂在了墙上，它日日夜夜地俯瞰着我，如今，它还在报复我！"

斯科迪抓到卡拉格之后，就再也没有出去捕猎了。他为了追踪卡拉格，在雪山里待了三个月，身体已经非常糟糕了，而且，他现在年纪越来越大，根本无法上山打猎。

斯科迪只好依靠淘金来养活自己，不和别人来往。一晃四年过去了。

冬天快要来的时候，一个朋友来串门，他问斯科迪："听说，你打死了卡拉格？"

斯科迪默默地点点头。

"我还听说，你打死卡拉格之后，拥有了它的脑袋和犄角，能让我看一眼吗？"

老头对着墙上那块布扬起了下巴，说："你自己去看吧！"

那个朋友于是把布揭了下来，一看到卡拉格的脑袋时，惊呼道："啊，真是太棒了！"

这个时候，斯科迪也回头望了一眼，他看到卡拉格的眼睛里燃烧着红色的火焰，其实那是旁边火炉里的火焰映射产生的效果。斯科迪吓了一跳，胆战心惊地说："看完了吗？快点儿把布盖上！"

那个朋友把布盖上去之后，对他说："哎，既然你这么不愿意看到它，我倒有一个好主意。我有一个朋友在纽约，想要买这个标本，不如你卖给他吧！”

斯科迪听了后，怒气冲冲地说：“谁说我要卖了！无论如何，我是不会卖掉它的。在我没打死它之前，我一直跟它在一起；在它没有报复我之前，它也会跟我在一起的。”

“不过，老伙计，你不是已经打死它了吗？你赢了！”

“不，我没有赢。你不知道，这个家伙聪明绝顶，一直拖着我在山里绕圈，想把我拖垮了，虽然它四年前就被我打死了，但它在墙上一直盯着我，肯定想要我的性命呢！我现在身体不太好，就算到死，我也得跟它战斗到底！”

“可是，可是，它现在变成标本了！”

“不，你错了。除了它的脑袋，还有很多东西呢。每当‘齐努库’吹过山间的时候，我就会听到风中夹带着熟悉的声音，那就是卡拉格临死之前的喘息声。”

当天晚上，山上又刮起了猛烈的“齐努库”风，鹅毛大雪落在斯科迪的小房子上。

房子的门闩被风吹得直响，发出“咔嚓咔嚓”的巨大声响。

“呼呼呼……”“齐努库”也发出令人不寒而栗的声响，听上去异常的悲恸。狂风在小房子的四周不停地吹啊吹，就连墙上的布都跟着风摆动起来。

斯科迪胆战心惊地盯着墙上，那个朋友也吓得面无血色。

到了第二天，大雪还在下着，可是那个朋友再也不想待在小屋里了，他冒着纷飞的大雪离开了。

大雪越来越大，没有停下来的征兆，现在山里都覆上了一层白雪。到了晚上，“齐努库”风疯狂地吹，从各个山头同时吹起来，那声响听上去都不像风的声音。

不过，那就是“齐努库”，是向群山和祖祖辈辈生活在此的生灵们发出的警告之声。

“呜呼呼呼……呜呼呼……呜呜呜……呼呼呼……呜呼呼……”

“齐努库”夹带的雪花飘落到每一个山谷中，到处都银装素裹。

几十吨重的雪团从山峰上翻滚下来，扬起一片飞雪，扑向谷底，发出震天般声响。

这是雪崩的声音，从山上传到山谷，又从山谷传到山顶。

岩石被埋进了雪里，小山也淹没在雪中，森林的树木也阻止不了大雪的力量，之后从山崖上径直地掉下来……最后，冲向山里的那个小房子。

现在，斯科迪的小房子被雪团压在下面，很快就发出“咚”的巨响，震得地动山摇。

斯科迪知道，这一天早晚会到来：“总算来了，卡拉格的守护天使，那白色的狂风……”

卡拉格的脑袋从飞扬的布中露了出来，它金黄的眼睛一直睁得大大的，漂亮的犄角直指天空，看上去非常骄傲。一眨眼，斯科迪就消失在大雪中。

没过多长时间，春天就来了。

和煦的阳光融化了积雪，不久，破旧不堪的小房子露了出来。老头斯科迪早已死去。

然而，卡拉格脑袋却完整地保存下来。它从小屋的残垣断壁中滚出来，金黄的眼睛就像是在卡拉格活着的时候，透过那两只漂亮的犄角，目不转睛地凝望着故乡的天空。

如今，卡拉格的脑袋被当作珍奇异宝挂在一个富豪家的墙上，它的故事在人世间流传开来。对于人们而言，卡拉格就是大自然的杰作，也是甘达峰最勇敢的斗士！

然而，那个酷爱捕猎且亲手杀死它的老人呢？在他死去之后，就没有人再提起过他。

# 02

# 松鼠旗尾巴传

# 小松鼠的妈妈

扫描二维码
听导读

从前，有一只灰色的松鼠妈妈，它带着三个松鼠宝宝住在森林的树洞里。这棵树高大挺拔，松鼠妈妈的洞穴也挖得很宽敞。然而，在这个洞穴里，只生活着松鼠一家四口。

松鼠爸爸去了哪里？也许早就被猎人抓住打死了。

听说，松鼠家族有一个习惯，那就是每次回来时，并不会直接爬上自己洞穴所在的大树，而是爬到旁边的树上，再跳到自己的洞穴里。有一天，松鼠妈妈遇到了着急的事情，就直接爬到了自己家的大树上。这一幕正好被附近的一个小男孩看到了。

这个小男孩住在附近，他的爸爸是个农夫。他偷偷地爬上这棵大树，当松鼠妈妈叼着一个松鼠宝宝从树洞里跳出来时，他就用事先准备好的一个木棍袭击了它们。

松鼠妈妈和那个松鼠宝宝从树上掉下来，当场死亡。

小男孩想，也许树洞里还有松鼠宝宝。于是，他爬到洞口，把手伸进洞穴里，从里面掏出了两只小松鼠。他把它们放到了自己的衣服兜里，欣喜若狂地从树上爬下来。

**松鼠**

哺乳纲啮齿目中的一个科，其下包括松鼠亚科和非洲地松鼠亚科，特征是长着毛茸茸的长尾巴、匀称灵活的身体。根据生活环境的不同，松鼠科分为树松鼠、地松鼠和石松鼠等。全世界近35属212种，中国有11属24种，其中岩松鼠和侧纹岩松鼠两种是中国特有的品种。生活在树林里的松鼠，在中国东北和华北各地十分常见，因而又叫普通松鼠，由于它的身体细长，体毛为灰色、暗褐色或赤褐色，所以也称灰松鼠。

等到了树下，他打开衣兜，看到有一只小松鼠被压死了。小男孩非常懊恼，他的无心之过，却酿成了惨剧。

小男孩伤心地带着唯一存活下来的小松鼠回到了家。之前，他家的猫生了一窝小猫，糟糕的是，只有一只小猫活了下来。看到家里的母猫，小男孩想起它平时捉老鼠和松鼠的情形，他觉得母猫早晚得把这只活下来的小松鼠吃掉，而且他也不知道该如何喂养小松鼠，更不知道能不能养活小松鼠。他想来想去，最后索性把小松鼠送给母猫当食物了。

母猫睁开眼睛，用鼻子闻了闻眼前的这个小东西，然后伸出舌头舔了舔小松鼠的身体，最后把小松鼠叼了起来，放到自己的肚子底下。

小男孩琢磨着母猫应该吃完了那只小松鼠，于是打开房门，可眼前的一幕让他大吃一惊：那只小松鼠正和小猫一起美美地吃奶呢！

就这样，小松鼠和小猫一起生活和成长。不过，小松鼠的尾巴比小猫大，性格也更加活泼。小松鼠喜欢蹦蹦跳跳，有时候还会爬到母猫的背上玩耍。它怎么玩耍呢？它先爬到母猫的背上，再跳到母猫竖起的尾巴尖上，像滑滑梯一样，一下子滑到底。众所周知，松鼠是爬树的小能手，每次看到像大树一样直立的东西，小松鼠就会爬上去，现在它就把母猫的尾巴当成了大树。

小松鼠这么调皮捣蛋，母猫也完全不生气，任由小松鼠爬来爬去。相比较而言，小猫非常安静，从来不玩这样的游戏。

在母猫的抚育下，小松鼠慢慢长大了。它和小猫一起生活，一起用盆吃东西。它从小就吃了很多其他松鼠吃不到的东西。由于农夫家有很多美食，有水果、玉米，还有鸡的饲料，因此小松鼠养成了贪吃的习惯。正是由于它喜欢吃东西，比起一般的松鼠来，它的身体长得非常强壮，身上的毛也异常光亮。

农夫一家都很喜欢它，周围的邻居也很喜欢它。人们慢慢发现，这只小松鼠的尾巴非常蓬松，尾巴尖上还长了一小撮银色的毛，看上去犹如一面旗帜，所以，人们就给它取名为“旗尾巴”。

小松鼠旗尾巴从小在农家生活，一直没见过自己的同类，它把抚养它长大的母猫当成自己的妈妈。对母猫而言，自从那只活下来的小猫被主人送给别人之后，旗尾巴就成了它唯一的孩子。

## 返回森林

在一个秋天的夜晚，农夫的家里突然发生了可怕的事情，不知为何，仓库着起了大火。开始的时候，只是冒出了浓浓的烟雾，接着周围的柴火也烧了起来，然后木头也着起来了，浓烟变成了凶猛的火光，向四处蔓延，大火“噼里啪啦”地把所有的东西都烧光了。

起初，旗尾巴不太害怕，因为它以前经常看到周围的村民做饭时烟囱里冒出黑烟来，因此这一次它也不以为然。然而，烟雾越来越大，火势也越来越猛，房子里的人都慌里慌张地逃出来，院子里的其他动物也拼命逃跑，旗尾巴这才意识到事情的严重性，也赶紧跟着逃了出来。这场大火来势汹涌，第二天早上才被扑灭，农夫家的房子烧成了灰烬，地上到处都是被烧焦的东西，主人也被大火烧死了。

还有那只抚养了旗尾巴的母猫，也消失在这场大火中。可能没来得及逃生被烧死了。

如今，只留下了旗尾巴自己，整个院子空荡荡的，旗尾巴找不到自己的主人和那只母猫，难过地离开了这个从小长到大的地方。无论未来如何，它只能自己面对了。

以前旗尾巴接触最多的就是那只抚养它的母猫了，然后是那只跟它从小一起长大的小猫。它从未见过自己的同类，也没有接受过松鼠的技能训练。

不过，奇怪的是，虽然它从来没有见过同类，也不知道该怎样运用自己的先天条件，但它知道自己应该做些什么。也许是天性使

### 小朋友，你了解松鼠的生活习性吗

松鼠一般以草食性食物为主，食物主要是种子和果仁，也会吃水果，如樱桃。部分松鼠会食用昆虫，其中一些热带物种更会为捕食昆虫而进行迁徙，甚至叼走山雀雏鸟。松鼠的嗅觉极为发达，它能准确无误地辨别松子、果仁的空实，凡是松塔尖上被松鼠放弃的种子都是无种仁，虽然这种种子的外壳没有被咬开，松鼠还是一嗅便知。

然，它从祖先那里继承了不少的智慧。

这些日子以来，旗尾巴非常想念自己以前熟悉的仓库，还有那些美食。现在是秋天了，正是粮食收获的季节，然而，以前的“餐厅”已经变成了废墟。无可奈何之下，它只能去邻居家的院子里觅食，找些玉米、谷物或者水果，来饱餐一顿。虽然在这里旗尾巴能弄到一些吃的，但是本性却让它憧憬起那片广袤的森林，去那些高大的树上觅食。因此，它有时候也去森林的边上采些果实来吃。

现在，旗尾巴已经长大了很多，也不怎么去邻居家找吃的了。不知道从什么时候开始，它总是往森林里跑，并打算在森林里安顿下来。其实，这个季节，适合旗尾巴吃的食物日渐增多，树上结的果实可比农夫家里的食物好吃多了。

旗尾巴虽然回到了森林里，不过它没有在森林里生活的体验，也没有其他松鼠教过它树上哪些果实能吃，哪些果实不能吃，哪些味美鲜嫩，哪些酸涩难吃……旗尾巴从来没有接受过正规的训练，但它似乎天生就懂得如何寻找和品尝美食。这肯定是与生俱来的天性吧！

旗尾巴有一个灵敏的鼻子。有一次，在树皮脱落的地方，旗尾巴看到了一条虫子，虫子刚露出头来，旗尾巴就把它按住了。本能告诉它，这条白嫩的小虫子肯定好吃。然后，旗尾巴就把它塞进嘴里，真是美味至极！还有些虫子，也是从树皮里面爬出来的，但是旗尾巴一闻到它们的味道，就没有吃的欲望了。

除了捉虫子，旗尾巴还知道怎么采摘树上的果实。在秋天，树上结满了果实，旗尾巴每天都吃饱喝足，日子过得非常惬意。

在这个森林里，还生活着许多松鼠，有的松鼠毛上有条纹形状，有的松鼠毛发还是红色的，它们和旗尾巴吃同样的食物，别的动物则不吃这样的东西。旗尾巴因此过得很好。它越来越习惯森林里的生活。在这段日子里，它的身体成长得更加健壮。

# 采摘果实

随着时间的流逝，旗尾巴慢慢地忘了自己从小生活的那个农夫的家，也忘记了养育过自己的那只母猫。如今，它迷上了森林里的生活。

它的尾巴也更加蓬松，仿佛一片松软的大羽毛拖在身体后面，微风吹过，它的尾巴就会轻轻地摇曳。旗尾巴十分喜欢自己的这条大尾巴，把它当作宝贝一样呵护着。无论身体的哪个地方弄脏了，它都不在乎，只有尾巴弄脏了，哪怕有一点点脏，它就难以忍受。假如尾巴上的毛脏得沾到了一起，它就会往尾巴上吐口水，然后用前爪轻轻地梳理，每隔两三分钟就要晃动一下尾巴。每次梳理尾巴时，它都会把其他事情放在一旁，哪怕饥肠辘辘，也要先把尾巴梳理好。

对于旗尾巴而言，它的尾巴不仅外观漂亮，还有非常重要的作用，那就是可以充当降落伞。每次松鼠从一根树枝跳到另一根树枝上时，或者从树顶跳下来时，尾巴能够起到平衡和缓冲的作用，这样的话，松鼠就不会受伤了。对所有的松鼠来说，尾巴都是举足轻重、不可或缺的一部分。

在这个森林里，一共生活着三种松鼠，除了旗尾巴这样的灰松鼠之外，还有条纹松鼠和红松鼠。

整个十月都是采摘果实的最佳季节，这三种松鼠都忙着采摘过冬的食物，但是采摘方法各不相同。

红松鼠一天只在一棵树上忙活，它们不怕麻烦，把采摘的果实堆成小堆，然后再把这些果实运到自己的洞穴里。条纹松鼠会把摘下来的果实全部塞进嘴巴里。不过，这样能装多少果实呢？实际上，松鼠的腮帮子两边非常宽广，就像是个小口袋，它们在“小口袋”里装满果实，然后跑回自己的洞穴里，再把果实倒出来。

灰松鼠的采摘方式完全不同于上面两种松鼠。它们会先在树上拼命饱餐一顿，然后再去附近的地上刨一个小坑，深约10厘米，把果实埋进去。

每一种松鼠都有自己独特的储存食物的方法，这都是它们祖祖辈辈摸索出来的，一代一代地传了下来。

旗尾巴是母猫抚养长大的，因此它完全不知道该如何采摘果实，也没有同类教过它。神奇的是，它好像知道应该把果实搬到什么地方去，也许是本性使然。

旗尾巴也和其他的松鼠一样忙碌，它不停地搬运着果实。然而，它的方法要简单许多，因为它捡的都是掉在地上的果实，然后在附近刨个小坑，把找到的三三两两的果实埋进去。有的时候，它还会用树叶盖在小坑的上面，避免被其他的松鼠发现。它都在草丛或者灌木丛里面刨坑。偶尔，旗尾巴遇到带着果实的红松鼠或者条纹松鼠时，它就很好奇，它们是怎么忙活的，每当这个时候，它就对自己发明的储存方法特别地不自信。

其实，这一年里，旗尾巴并没有收集到多少果实。后来，它在一棵大树上，找到了一个宽敞的洞穴。开始的时候，由于这个洞穴常年遭受雨水的浸泡和腐蚀，内部潮湿而肮脏，旗尾巴十分不满意。不过，经过一晚上的打扫之后，洞穴变得干净而宽敞，旗尾巴

这时也心满意足了。到了晚上，旗尾巴就钻进自己的洞穴，把身体蜷缩起来，再用蓬松的大尾巴盖在自己的身体上，美美地睡到第二天早上。

# 猎犬的主人

冬天即将到来，白昼越来越短。这个时候，旗尾巴已经长成了一只漂亮的公松鼠。每天早上醒来时，它都会迎着朝阳唱歌，不停地“咕咕咕”。这可能是它和那些擅长唱歌的鸟儿的最大区别了。在严寒之下，那些鸟儿早就冻得不想唱歌了，只有旗尾巴精神奕奕地每天歌唱。它完全适应了森林生活，为什么不放声歌唱呢？

快乐会在动物中相互传染，旗尾巴欢快的歌唱也感染了其他的动物。之前被严寒冻得无精打采的鸟儿，也都“叽叽喳喳”地唱了起来，就连平时噤若寒蝉的乌鸦都“呱呱呱”地唱起歌来。

旭日东升，旗尾巴还在“咕咕咕”地叫唤着，边叫边晃动着自己那条蓬松的大尾巴，它的声音嘹亮，传到了森林的深处。

这个时候，远处也传来了跟旗尾巴一样的叫声：“咕咕咕……”这可把旗尾巴吓坏了，它从来没有听到过这么好听的歌声。这歌声难道是在附和自己吗？旗尾巴顿时安静下来，侧耳倾听，是的，这就是它的同类发出的叫声，这也是一只灰松鼠，不过声音要温柔许多。

苍天啊，这简直是天籁之音！

然而，这个声音离自己太远了，旗尾巴这会儿还饥肠辘辘呢，它得出去觅食了，只能回头再去找这个声音的主人了。

虽然旗尾巴不久之前才来到这个森林里，但是它没少给自己造洞穴，算起来，差不多有五个呢！每次吃饱喝足之后，它就挨个洞穴去巡视。

有一天，它又去巡视自己的洞穴，路上经过一片空地时，它看到那里的地上有一个小土包，于是就跳了上去。正当它准备离开时，突然闻到了一股香气。它使劲地嗅了嗅，好像是橡子发出的味道，而且，就是从这里散发出来的。这么一想，它就赶紧挖了起来。挖了很久，终于从地下挖出了橡子。它急不可耐地剥开橡子的皮。也许因为地面过于潮湿，橡子内部生了虫，是那种白白嫩嫩的小虫子。旗尾巴心花怒放，把橡子带着虫子一起吞进肚子里。然后，它在旁边又找到了一个芋头，也塞进了嘴巴里。

就在它吃得正美的时候，从远处传来“汪汪”的叫声。猎犬来了！它马上爬到一棵榆树上，躲藏在枝叶之间。从缝隙往下看，果然是一只猎犬，不知道是从哪里跑来的，估计是闻到了松鼠的气味。

旗尾巴藏在榆树的树叶底下，悄无声息地爬到大树的顶端。那只猎犬仿佛知道树上藏了一只松鼠，不断地朝着榆树的顶端狂吠，想把主人叫过来。

猎犬在树底下狂吠不止，不过旗尾巴早就跳到了别的榆树上了，还吃了一肚子的榆树叶。饱餐之后，它打算好好地睡个午觉。睡之前，它还嘲讽地看了一眼那只还在狂吠的猎犬。在温暖的阳光中，听着“汪汪”的犬吠声，旗尾巴惬意地睡了过去。

那只讨厌的猎犬叫唤了一阵子，仍然一无所获，只好灰溜溜地离开了。

旗尾巴看到那只猎犬离开之后，就从正在休憩的那棵树上爬下来，蹦蹦跳跳地回到自己的洞穴里了。

刚才那只猎犬，狂吠了一阵子之后，主人并没有跟过来，它十分地不甘心，它真的闻到了松鼠的气味！等它回到主人的身边后，又闻到了刚才那股松鼠的气息。然后，它又开始疯狂地乱叫了，迫不及待地想要告诉主人，猎物就在这里。之后，它冲着正在返回洞穴的旗尾巴跑过去。这一次，主人也跟在了后面。

旗尾巴意识到敌人正在逼近，赶快找到最近的一棵树，飞速地爬了上去。恰巧，这棵树上有它以前休息的时候搭建的树床，不过它不常到这里来，没想到这一次这个树床帮了它大忙！它爬上去之后，躺在树床上，能看到下面的人或者动物，而他们根本看不到它。

猎犬激动地跑到这棵树下，一边跑一边狂吠，仿佛在告诉主人："快点儿过来，松鼠就在这里，我的直觉肯定没错。"

很快，主人走了过来。到了树下面，抬头向上看，什么也没看到，脖子都看酸了，也没看到任何动物。不过，他好像感觉到上面有猎物，就拿起猎枪，对着树顶开了一枪，他想把猎物给吓出来。让他失望的是，什么猎物都没出现。

原来，旗尾巴刚才想要睡觉的时候，迷迷糊糊地心想："不管那只猎犬了，随便它乱叫吧，我可要睡觉了。"在它快要睡着的时候，忽然听到一声枪响，它大吃一惊，想要赶紧逃跑，然而，心里好像有一个声音在警告自己："千万别动，一动就完蛋了。"它也真的听从了这个声音，一动不动地躺在树床上。

猎人看到枪响之后树上没有任何动静，就真的以为树上没有任何动物，于是带着猎犬去了别的地方。

以前无意中搭建的树床，这一次却拯救了旗尾巴。

## 与黄鼠狼苦战

翌日，天空飘起了雪花。在自己的洞穴里，旗尾巴的白天就像黑夜一样。白天越来越短，再加上下雪之后外面都灰蒙蒙的，旗尾巴不管外面怎么样，只想惬意地睡觉。这也是松鼠们的习性。冬天长时间地睡眠才能保持充沛的体力。一入冬，旗尾巴就越睡越沉。

这场大雪足足下了两天，整个世界都银装素裹。大雪刚停，又刮起风来，大风把树枝上的积雪吹了下去。这样，旗尾巴又能出门了，否则，积雪那么厚，在树枝上爬行会非常滑，搞不好还会掉到地上。如今，它又可以去那些没有积雪的树枝上好好地玩耍了。

第三天，旗尾巴在洞穴里睡了整整一天，到了第四天，它才慵懒地睁开眼睛。啊，外面又变成了白色的世界，跟前几天又不一样了。

然而，旗尾巴意兴阑珊，整天懒洋洋的，没有一点儿精神。今天太阳虽然出来了，但光线却很暗淡，旗尾巴昏昏欲睡，要不是因为肚子饿了，它才不会起床呢。

由于肚子饿得不行，旗尾巴才被迫走出家门，跳到树枝上。幸好大风把积雪吹走了，不然它只能待在洞穴里，没法出去觅食了。

旗尾巴在树枝上跳来跳去，过了一小会儿就跑到很远的树上。突然，它看到下面有一块空地，空地的不远处就是榛子树林。旗尾巴像滑滑梯一样，从树上滑到地上。

实际上，榛子树林里的榛子早就没了，要是秋天没有储藏的话，冬天是很难找到一颗榛子的。因此，旗尾巴压根儿就没想去树上摘，它只是在地上寻找，希望有榛子掉在地面上。在落满积雪的地面上，旗尾巴蹦蹦跳跳地向前进，积雪覆盖了地面，旗尾巴行走后，就留下了一条长长的足迹。

旗尾巴在地上使劲地抽动着鼻子，一边蹦跳，一边到处嗅，突然，它在一块雪地上停了下来，然后，它开始用爪子扒起雪来。前几日，雪下得很大，地上已经有了厚厚的一层雪，比旗尾巴直立起来还要厚，很快，它的身体就被埋了起来。

刚刨开厚厚的积雪层，又得继续刨冻土，还好，旗尾巴挖掘本领强，速度飞快。

它有自己的挖掘方法——四只爪子一起上。先用前爪刨开，再把土扒拉到后面，然后用后爪使劲蹬开。很快，它挖的洞两边都是扒出来的枯草和树叶，还有黑色的泥土，从远处看，它那银色的尾巴尖不停地晃动。

旗尾巴身后的泥土越堆越多，洞也越挖越深，很快就闻到了食物诱人的味道。它继续热火朝天地挖洞，终于挖出了一个又大又圆的山核桃。

旗尾巴的嗅觉难道真的这么灵敏，隔着厚厚的冻土层还能闻到山核桃的美味？实际上，这是秋天时它自己埋下的，只不过它忘了具体的位置。

旗尾巴兴高采烈地叼着山核桃，从洞里跳出来，飞快地爬到旁边的大树上，美美地吃了起来。

经过了几天的冬眠后，旗尾巴又饥肠辘辘了。像以前一样，它又四处寻找自己埋藏的果实。这一次，当它拼命地挖洞时，突然意识到有一双眼睛正盯着它。它慌忙抬起头来，看到一双通红的眼睛，顿时被吓得魂飞魄散。

这个眼睛通红的家伙就是黄鼠狼。它的个头比旗尾巴要小，不过样子凶狠，看上去不太好惹。所以，旗尾巴丢下挖了一半的洞，赶紧跳到地上，然后爬到树上。

黄鼠狼一看旗尾巴逃到了树上，也赶紧跟了上去。旗尾巴看到它也爬上了树，慌忙跳到另一棵树上，而黄鼠狼也紧紧地跟着，跳到那棵树上。旗尾巴的确会爬树，可黄鼠狼爬树的本领也不差。于是，它们在树上追来追去。旗尾巴一心想甩掉黄鼠狼，而黄鼠狼也不笨，不肯放弃近在眼前的美食。看到这个家伙这么死缠烂打，旗尾巴使出了绝招——跳到一根即将断掉的树枝上，和平时一样，借着树枝的力量，把自己荡到另一棵大树上，这样一来，那根树枝就断掉了，那只讨厌的黄鼠狼没法再追下去了，只能眼巴巴地看着旗尾巴越跳越远。黄鼠狼急切地看着走远的旗尾巴，又苦于没有支撑点跳过去，几次冒险试探后，最终放弃了。这样太危险了，它可不想为此而丢了性命。

黄鼠狼通红的眼睛一转，想到了一个好主意。它从树上跳到地面上，再从地上爬到旗尾巴现在所在的那棵树上。聪明的旗尾巴早就看到它爬上来

### 黄鼠狼

因其周身颜色为棕黄或橙黄，所以动物学上称它为黄鼬。黄鼠狼主要以啮齿类动物、小型哺乳动物、鸟类、两栖爬行动物等为食，其中就包括松鼠。

很多人都认为黄鼠狼是害兽，其实这是误解，它是真正的灭鼠能手。另外，大家都知道黄鼠狼有“放臭屁”的习性，这是它御敌自卫的武器和技能。黄鼠狼的肛门处有一对臭腺，遇到敌人时放出气雾状的臭味，以保护自己。

了，赶紧跑到树顶上，跳到更高的树上，它也紧跟着跳到了那棵高树上；旗尾巴再跳到更远的树上，黄鼠狼也跟了过去，旗尾巴只能再一次跳走了。

于是，它们在树上追逐了很长时间，来回绕了很多圈子。

假如换了其他的动物，这么费劲都追不到对方，肯定早就放弃了，可这只黄鼠狼特别固执，不知道它是天性执着，还是真的饿坏了，看到即将到手的猎物怎么也不肯放弃。不过，它碰到的这个对手，偏偏是个爬树小能手，害得它白忙活了大半天。黄鼠狼逐渐失去了耐性，这回刚爬到树上，就恼羞成怒地扑向旗尾巴。

然而，旗尾巴这一次居然不动了。眼看着黄鼠狼马上就要扑过来了，危急时刻，旗尾巴突然一跳，跳到了很远的一棵树上。黄鼠狼的愿望又落空了。更加糟糕的是，它没有站稳，一下子从树上掉了下去。这棵树有三层楼那么高，它下落的地方，没有松软的积雪，要是有积雪，还能缓冲一下，它偏偏落在坚硬的圆木墩上。

这下子可摔得不轻！

黄鼠狼不仅没有追到旗尾巴，还遭受重创，好几天都不能去捕猎。过了很久，黄鼠狼才从地上站起来，眼睛越发通红了。

旗尾巴继续蹦蹦跳跳地觅食去了。它把挖出来的美食带回了洞穴里，吃饱之后，又舒舒服服地睡了过去。

## 银松鼠

这一次，旗尾巴睡了好久。很快，迎来了二月。在这个时候，动物们都异常饥饿，因为储藏的食物都被吃光了，很多动物不得不再次去森林里觅食。

旗尾巴也是其中的一员，它又出去寻找以前埋藏的果实了。旗尾巴低着脑袋，认真地嗅着地面，突然听到一阵“咕咕”的叫声。它抬起头来一看，原来是附近一棵树上的红松鼠正气呼呼地冲自己叫唤呢。旗尾巴没有理它，眼下它的主要任务是寻找食物。于是它低下头，继续觅食。那只红松鼠看到旗尾巴不理自己，以为旗尾巴害怕了，继续挑衅，使劲大吼大叫。如果真要打一架，红松鼠肯定打不过旗尾巴。然而，旗尾巴压根就不想惹事。灰松鼠本来数量就少，这个森林又是红松鼠的地盘，而且自己当下根本就没时间搭理这只红松鼠。这只红松鼠一看旗尾巴躲开了，以为自己震慑住了它，就没有再叫唤，而是昂首挺胸、沾沾自喜地走开了。

在二月即将过去的时候，春天悄悄来临。气温开始升高，太阳越来越暖和。这个时节，旗尾巴又开始活跃起来，每天精力都很充沛。

太阳初升时，旗尾巴来到好久没来的森林里。温柔的春风吹过来，这世界是那么的美好，这让旗尾巴蠢蠢欲动。要做点什么呢？嗯，不如唱首歌吧！

“咕咕咕……咕咕咕……咕咕咕。”

它脑子里突然出现一个奇怪的想法——找个伴侣。整个冬天它都忙着睡觉，从来没思考过这种问题，现在它有了这样的冲动，而且这种想法越来越强烈，它的歌声也因此越来越嘹亮。

“咕咕咕……咕咕咕……咕咕咕。”

旗尾巴不停地唱着歌，歌声中带着它特有的活力，响彻森林的深处。这个时候，旗尾巴听到了一个温柔、婉转的歌声：

“咕咕……咕咕……咕咕。”

居然有伙伴附和了它的歌声，旗尾巴顿时心潮澎湃！然而再听一下，这个歌声非常熟悉，对，就是去年秋天，有一次它唱歌时对方也轻柔地回应了。那个时候，旗尾巴还没有产生这种念头，所以没有理会对方。

这一次，它想要认真地对待这件事。

它真想立即见到对方！

因此，旗尾巴没有休息，而是竖起耳朵寻找那个歌声的来源。这个时候，它又听到了另外一只公灰松鼠的歌声：

“咕咕……咕咕。”

这个歌声叫得非常急切，跟刚才那个轻柔曼妙的声音完全不同。看来，这一只公灰松鼠也在向那只歌声温柔的母松鼠表达爱意呢。

岂有此理，这可不行！旗尾巴火冒三丈，那可是自己理想的“人生”伴侣，怎么能让别的家伙抢了先！它一下子从树上跳到地面上，一边听着声音，一边穿越森林，冲向那个发出急迫声音的“情敌”所在的山丘。跳了一阵子之后，它停下来，站在原地，努力辨别那个声音的来源，这时候，旗尾巴再一次听到了那个温柔的歌声：

“咕咕咕……咕咕咕……咕咕咕。”

现在，旗尾巴对这个声音非常熟悉了，它认定了这只松鼠是它一直以来追寻的“人生”伴侣。旗尾巴于是暂时放弃了追踪它的“情敌”，而是爬到旁边的树上，寻找它的“人生”伴侣。最后，它真的找到了，就在旁边的树枝上，有一只灰松鼠站在那里。这只母松鼠长得真是太美了！它的尾巴也十分漂亮。旗尾巴激动地立即向对方靠过去。突然，一只公松鼠出现了，它就是旗尾巴的“情敌”。等这只公松鼠站稳之后，旗尾巴才发现它的个头比自己大多了。

## 松鼠的繁殖

鼠多在春季和夏季发情，发情期大约为两周。松鼠繁殖的适龄期雌鼠为8~9周龄，雄鼠为9~10周龄。第一年生育的雌鼠，每胎产3~6崽，第2年后每胎可产5~10崽。刚出生的幼崽光滑无毛，全身红色，双眼紧闭，体重为7克~8.5克，体长约5.6厘米，尾长约2.4厘米。幼鼠出生8~9个月开始性成熟，也就是第2年便可配偶繁殖。

这个家伙气呼呼地对着旗尾巴大吼：“你给我停下来，它可是我先看上的！”

旗尾巴不理它，直接扑了过去。为了爱情，为了得到理想的伴侣，它们必须决一胜负。

两只松鼠拼了个你死我活，当力气用完了还是没有分出胜负。几个回合下来，正当战况最火爆的时候，它们不小心从树上掉了下来。刚掉下来的时候还扭打在一起，不过，等它们掉到半空中的时候，才慌忙松开对方，展开自己蓬松的大尾巴，慢悠悠地落到地面上。

等到安全落地之后，它们都停下来，调整了一下，然后抬头看了看仍在树上的母松鼠，又开始爬到树上打了起来。

一番较量后，它们再一次从树上掉下来。这一次，旗尾巴安全地落到了地上，而它的“情敌”却不幸地落到了水里，浑身湿透了，身上的毛都打绺了，尾巴也不再毛茸茸的了，整个变成了“落汤鼠”，看上去十分狼狈。它郁郁寡欢，先把自己身上的毛晾干，然后梳理了一下尾巴，最后灰头土脸地逃跑了。

旗尾巴赢得了最后的胜利，也赢得了那只唱歌的母松鼠，它高兴极了。于是，旗尾巴兴高采烈地向母松鼠扑过去。

然而，母松鼠一看到它过来，马上转身逃跑，看来对它没有什么兴趣。旗尾巴锲而不舍地追过去，母松鼠气得转过身来，冲旗尾巴大吼大叫，声音尖锐刺耳。不过，旗尾巴十分地温顺，不仅不理会母松鼠的怒吼，反而小心地跟在母松鼠的身后，与它保持一段距离。

实际上，母松鼠并没有真的生气，看到旗尾巴如此尊重自己的时候，已经不再讨厌它了。旗尾巴一直与对方保持一定的距离，母松鼠逐渐接受了它。两只松鼠一起去地上觅食，一起爬到树上玩耍。

这只母松鼠有一身银灰色的毛，所以我们叫它银松鼠。

## 幸福生活

在这一天里，旗尾巴和银松鼠形影不离。到了晚上，它们就回到各自的洞穴里了。

第二天一早，旗尾巴又去寻找银松鼠。接连好几天，银松鼠都在一个地方等它，旗尾巴每天都准时出现。日复一日，两只松鼠的感情逐渐升温，最后它们都离不开对方了，这个时候，它们就自然而然地在一起了。

结婚之后，这对小情侣在森林里安了一个新家。

这个时候正是春暖花开、大地回春时，万物从沉睡中苏醒过来，土地也开始解冻，树木复苏。

旗尾巴和妻子在森林里寻找适合安家的大树。开始时，旗尾巴看上了橡树，它从来没在橡树里头住过，所以想试一下，不过被妻子拒绝了。由于它出生后没有在森林里待过，很多事情都搞不清楚，尤其在筑巢方面它几乎一窍不通，因此只能听妻子的了。

最终，银松鼠看中了一个洞穴，啄木鸟曾经住在这里。这棵树十分高大，而且洞穴也很宽敞，以后有了孩子也够住。两只松鼠在洞穴里一阵忙活，不仅打扫干净了整个树洞，还拓宽了洞穴。之后，它们就可以在里面好好过日子了。银松鼠还弄了两颗冬天没有吃完的橡子，放在洞穴里。

新家真是太完美了，旗尾巴心满意足地放声歌唱：

"咕咕咕……咕咕咕……咕咕咕。"

此时此刻，旗尾巴抵达了幸福的巅峰！它曾经历过"人生"的各种困窘：幼时失去母亲和兄弟，被一只母猫抚养长大，唯一的玩伴——小猫又被送给了别人，最后那只母猫也死于一场大火中；虽然它回到了森林里，但开始时它不知道这里有自己的同类，它连怎么储藏冬天的粮食都不清楚。如今，它不仅有了一个家，还有了一个吃苦耐劳、无所不通的妻子，生活真是太幸福了。它想告诉森林里的所有动物，自己是多么幸福。

到了三月份，森林的天气变幻不定，有时候还会刮风下雨。然而，对于正处于新婚中的松鼠夫妇而言，恶劣的天气又算得了什么呢？它们不管外面的风风雨雨，只是尽情地享受着幸福的新婚生活，无论天气多么糟糕，它们都如胶似漆地过着自己的小日子。

三月底，天气越来越暖和。旗尾巴想和妻子一起去外面走走，在森林里你追我逐，有时还会玩一会儿游戏。不过，最近妻子对它异常冷淡，这让旗尾巴有些奇怪，还很委屈。

以前，它们晒太阳时都是并排坐在树枝上，现在妻子非要和它拉开一段距离，只要旗尾巴一靠过去，妻子马上就躲开了。

旗尾巴不知道自己怎么得罪了妻子，它继续靠近妻子，可妻子还是不理它。这究竟是怎么回事啊？

就这样闹了一整天后，晚上银松鼠先回到了洞穴里，然后，旗尾巴也要走进去。可是，银松鼠却挡在门口，不让它回家，还愤怒地向它龇牙咧嘴，仿佛是在示威："你要敢进去，我就饶不了你！"

看到妻子这么凶，旗尾巴也不敢进去了，只好停下脚步。这一次妻子为什么这么生气呢？对此它没有一点儿头绪。没有办法，它只能在门口凑合一宿了。这是它们"结婚"以来第一次发生这种事情呢。

回想之前恩恩爱爱的场景，真是让人唏嘘不已！

可是，总不能真的睡在外面吧！旗尾巴想起了自己之前的小窝，虽然比不上现在的新家，但也很温暖，总比睡在外面好！就这样，它回到了以前的洞穴里。

这个晚上，旗尾巴睡得很不安稳。第二天一大早，它连早餐都没吃就回到了新家。这个时候，银松鼠正蹲在树枝上，心不在焉地玩着一片树叶，一看到旗尾巴回来了，它赶紧跑到洞穴里，继续挡住门口，不让它进去。

第三天，银松鼠仍然不让它进门。第四天，旗尾巴又溜回去了，这一次它没有看到妻子的身影。它悄悄地爬到树上，到了洞口，听见银松鼠在里面发出均匀的呼吸声。它正要进去，妻子突然醒了过来。看到旗尾巴出现在门口，它赶紧坐起来，冲着旗尾巴大吼一声，吓得旗尾巴立即从树上跳下去。在逃跑的间隙，它望了一眼洞穴里面，银松鼠怀里好像有什么东西在瑟瑟发抖。

现在，旗尾巴明白过来了，原来，银松鼠生下了一窝小松鼠。旗尾巴高兴极了，它当爸爸了！

# 大败红松鼠

春天，阳光和煦，照在身上暖洋洋的。

这些日子以来，旗尾巴找到了一种方法，可以不费什么力气就能找到好吃的东西。

啄木鸟从南方飞回来，在树上寻找虫子来填饱肚子。它们先在树上凿洞，然后这些树就会分泌出黏黏的液体，这种液体闻起来香甜可口。等啄木鸟飞走之后，躲在树里的虫子就会爬出来，去吃那香甜可口的液体。不过，虫子们刚要开口吃就被液体黏住了，没有办法再爬回去。这样一来，被啄木鸟啄过的树上都黏着很多虫子。机灵的旗尾巴就守株待兔，轻而易举地吃到了这些虫子。它每天吃饱之后，就躺在自己搭建的树床上晒太阳。

它搭建的这些树床不仅可以晒太阳、俯视树下，还能躺在上面想想心事，等到了夏天，还可以遮风避雨。因此，旗尾巴在森林里到处搭建树床。白天它可以在树床上晒晒太阳，要是太阳太强烈了，它就躲到阴凉的树床里。

如今，旗尾巴好像又回到了单身的时候。妻子不让它在身边，它只能自己到处玩耍，消磨时间。然而，它没有忘记妻子和刚出生的小宝宝们，只要一有空，就会跑到新家附近，看看有什么自己力所能及的家务事。万一有情况出现，它也好第一时间赶过来。

有一天，它在家附近巡视时，突然闻到了一股陌生的味道，还听到树叶发出“沙沙”的声音，它赶紧跑过去。原来是以前挑衅过自己的那只红松鼠，它居然跑到了自己的家门口。红松鼠正偷偷地靠近，真是冤家路窄啊！

旗尾巴大叫一声，飞速地爬上去，几乎和红松鼠同时到了自己家门口。

旗尾巴火速赶到，让红松鼠吓了一跳。不过，等它看清楚之后，放下心来，原来是自己打败过的旗尾巴！上次红松鼠主动挑衅，旗尾巴没有理会，它就以为旗尾巴认输了。

这么一想，红松鼠便主动出击了。它以为这一次旗尾巴也会逃跑，然而，出乎它的意料，旗尾巴不仅没有落荒而逃，反而勇敢地扑了上去。两只松鼠扭打起来，它们用牙齿咬、用爪子挠对方，使出看家本领，都想把对方置于死地。像之前旗尾巴和那只灰松鼠打架一样，这两只松鼠也打到一半，便从树上掉下来。当掉到半空时，它们才分开身体，打开自己的大尾巴，安全地降落到地上。然后，两只松鼠又扑到对方身上。

第二回合的较量又开始了。旗尾巴亮出绝招，专门挑红松鼠的软肋打。红松鼠渐渐地力不从心，于是想逃之夭夭。

然而，旗尾巴不肯退让，继续追上去，直到把红松鼠逼到绝境，最后钻进一棵树底下的烂洞里才肯罢手。走之前，它还不忘向着洞里的红松鼠大叫一番，好像在发出警告：

“哼，以前不愿意搭理你，你还真以为我怕了！去死吧！再敢跑到我的地盘上，我就弄死你！”

红松鼠吃了败仗，只能乖乖听话，要不然还能怎么样呢？毕竟被旗尾巴打败了。

这次旗尾巴总算一雪前耻，为自己报了仇。旗尾巴回到自己家，这次银松鼠居然让它进来了。这个胜利回来的勇士，为了保护自己的家人，豁出了性命，怎么能不让自己的妻子感动呢！

这是旗尾巴第一次见到孩子们！这些小家伙看上去被照顾得很好，全身胖嘟嘟的，十分健康。如今，小松鼠们再也不是出生时粉嫩嫩、光秃秃的样子了，身上已经长出了茸毛。银松鼠用舌头去舔旗尾巴的伤口，它这是在为自己的丈夫疗伤。旗尾巴则望着孩子们，用鼻子嗅来嗅去，孩子们身上散发出的独特香气，它怎么闻都不厌倦。

晚上，旗尾巴想要睡在妻子和孩子身边，这一次，妻子居然同意了。以前，它不想让旗尾巴睡在洞里，是害怕它会挤到刚出生的孩子。现在，孩子们长大了，知道保护自己了，所以它才敢让旗尾巴回到家里。

从此之后，旗尾巴一家过着幸福安稳的生活。每天，旗尾巴都会出门为妻子和孩子们找来美食，小家伙们也盼着爸爸早点回家，一家人过着快乐的生活。

# 小虫子

有一天，厄运突然降临。小松鼠们正在洞穴里玩耍，洞口忽然变暗了，一只大鸟堵在了洞口。那只大鸟还把自己的大脑袋伸进洞里，大叫一声，喑哑的声音听上去非常恐怖。

这可吓了小松鼠们一跳，慌忙钻进妈妈怀里。这个时候，旗尾巴正好待在家里，它赶紧向那只大鸟扑过去。大鸟一看里面有一只这么勇猛的松鼠，就扇扇翅膀火速离开了。实际上，这只大鸟就是一只啄木鸟。

是不是旗尾巴家的洞穴太舒服了？好几个动物都看上了这里。第一次是那只霸道的红松鼠，这一次又来了一只啄木鸟。

过了几天，又有一个讨厌的家伙不请自来，打扰了旗尾巴一家的平静生活。

这一天，旗尾巴正在家里午休，突然，它的鼻子不知道被什么给打了一下，疼得它吱吱乱叫。它抬起头一看，一只画眉鸟正从它的上方掠过。原来，这只画眉鸟嘴里叼着的一颗果子掉了下来，正好砸中了旗尾巴的鼻子。

这只画眉鸟在附近的农场里无意间找到了很多果子，它美美地吃了一通后，叼了一颗回来，想等到肚子饿了再吃。它寻找了很久，才看上旗尾巴家的洞穴，因此想把那颗果实扔进旗尾巴家里。然而，就在它飞行时嘴巴突然一松，果子正好掉下来，砸在了睡得正美的旗尾巴的鼻子上。

这也太欺负人了，让人火冒三丈！旗尾巴怒气冲冲地跑到洞口，扑向画眉鸟。画眉鸟一看自己惹祸了，赶紧缩回头飞走了。不过，这只画眉鸟有一个嗜好，就是喜欢戏弄别人。当旗尾巴回到洞穴里刚躺下来的时候，又有什么东西砸在了鼻子上。它气得跳起来，看到那只画眉鸟大笑着飞走了。

现在可好，连在自己家里睡觉都不行了，这让旗尾巴小心谨慎起来。

然而，事情还没有结束呢！

第二天，有一只猎犬跑到了树底下，狂吠不止。它在森林里闻到了松鼠的味道，所以循着气味追了过来。这只猎犬不停地狂吠，主人也跟过来了，是两个小男孩。他们也看到了这里有个松鼠洞，于是向里面扔起石头来。幸好旗尾巴家的洞穴在树干的高处，这些石头并没有击中旗尾巴一家。旗尾巴和银松鼠，以及它们刚出生不久的孩子都安静地趴在洞里。男孩们玩了一会儿，看到没什么收获，就带着猎犬离开了。

连续遇到了几件糟心的事，旗尾巴和妻子决定搬家。在这里经常受到骚扰，而且它们一家人的身上都长满了小虫子，痒得无法忍受。这些小虫子是从哪里来的呢？原来是旗尾巴收集来的一些棉絮和羽毛招来的。当初筑巢时，从小在农场长大的旗尾巴觉得棉絮和羽毛最舒适，因此收集了一些放在洞穴里。舒服是舒服了，但却招来了很多小虫子。

此后，旗尾巴和妻子就一起出门，去森林里寻找新的家，还顺便弄来了一些食物。

旗尾巴还趁机带着妻子去看了自己单身时的洞穴，不过妻子瞥了一眼，就转身离去了。

最终，妻子看中了一个洞穴，那是被老鹰抛弃的窝，建在一棵很高的大树上。洞穴被冬天的冷风吹得干干净净，又被春天的暖阳晒得热乎乎的，最关键的是，附近枝叶繁茂，哪怕到了冬天，叶子都掉光了，这个洞仍然非常隐秘。

银松鼠又爬上树仔细地检查了一下，确定这里没被其他的动物发现过，因为洞里只有老鹰留下的气味。银松鼠马上在洞里留下自己的味道，然后又爬上爬下，在整棵树上都留下自己的味道。如此一来，其他的松鼠就别想过来占领这个地盘了。

这一次，银松鼠可不要棉絮和羽毛了，它找了一些香叶子，不仅可以有效地驱赶虫子，还能抑制虫子的繁殖。

旗尾巴也好一通忙活，它不知道从哪里找来了一只手套，想放到洞穴里，结果被银松鼠给扔了出去。旗尾巴又爬下去把手套捡了回来，这可把银松鼠给气坏了，它再一次把手套扔下去，还冲着旗尾巴大吼："说了不行就不行，这种带着人类气息的东西，怎么能放到自己家里呢？"

旗尾巴没办法，只能乖乖地听话。这只手套让它想起了小时候在农场里的时光，所以不舍得扔掉。

经过旗尾巴和银松鼠的一番忙活，新巢终于筑成了，现在可以把孩子们接过来了。

# 妻子的智慧

有一天，天刚蒙蒙亮，银松鼠就喊醒了孩子们："都起床吧，今天我们要搬家了。"

银松鼠给孩子们吃了一点早饭，这样它们就有力气了。自从它们出生之后，还没出过门呢！

银松鼠先出门观察了一下，确认没有危险后才回到洞里，并用嘴叼起一个小家伙，打算去新家那里。然而，正当它来到洞口，想跳到树下时，耳边传来恐怖的声音。

银松鼠赶紧回到洞里，放下孩子，又来到洞口，躲在暗处查看。究竟是什么东西过来了？

原来是一个人带着一只猎犬，正在追赶一只体形巨大的动物，这只动物头上长了长长的犄角，不过不会危及自己家。看到紧追不舍的那个人，银松鼠下意识地退到了洞里。那是一个小男孩，他牵着凶猛的猎犬，在森林的小路上肆无忌惮地走着，所到之处伤害了很多的动物。

银松鼠悄无声息地回到洞里，紧紧地搂着孩子们，生怕它们发出什么声响。它的后背奇痒无比，不过它也一直忍耐着。

没一会儿，狗吠声消失在远处，银松鼠又出来侦察情况，以确保小男孩和猎犬已经走远了。这个时候，布谷鸟唱起了欢快的歌曲，就连内敛的乌鸦也高兴地叫了起来："呱呱呱！"这是危险解除的信号。银松鼠又叼起孩子，来到洞口，看到周围没有异常之后，就从树上跳了下来。

银松鼠落到地面上之后，先偷偷地观察了周围，当确认没有危险准备出发去新家时，它抬头看了一眼洞口，这一看却让银松鼠立刻暴跳如雷，它立刻叼着小松鼠回到树上，那个小松鼠在妈妈嘴里左右摇晃。银松鼠为什么重新回到了树上呢？原来，旗尾巴也叼了一个小松鼠，正打算从洞口跳下来呢。

银松鼠放下嘴里的孩子，气呼呼地冲着旗尾巴大吼大叫：“咕咕咕！”仿佛在说：“你赶紧放下，什么都不会，就别添乱了！真讨厌！”

旗尾巴十分委屈，它本来想帮忙呢，结果被妻子训了一顿，真是郁闷！于是，它放下嘴里的小松鼠，跑到家门口的树枝上生闷气去了。

银松鼠把刚才的那只小家伙叼了起来，又想把旗尾巴放下的小家伙也叼起来，打算一趟运走，结果嘴巴太小了，只能叼住一个小家伙。虽然如此，它仍然不想让自己的丈夫过来帮忙。旗尾巴只能坐在那里，看着妻子自己忙活。

最后，银松鼠把其中一个小家伙放回洞里，然后叼起另外一个，跳到地上。临走之前，它还不忘抬头看看旗尾巴，给它使了一个眼色，然后飞速离开。旗尾巴老实地待在树枝上，看着妻子离开，这回它不敢乱来了。

银松鼠很快就来到了新家附近，在快要到达时，它停下了脚步，找到一处偏僻的地方，把小家伙放到了地上。然后，抬头看看眼前的大树，又重新把小松鼠叼起来，飞快地爬到了树顶。它怎么不直接去新家呢？其实，它不想把身上的虫子弄到新家里面，所以要在进门之前，先把身上的小虫子清理干净。它细心地寻找着小松鼠身上的小虫子，用爪子抓住后塞进嘴里，吃进了肚子里。

把小松鼠身上弄干净之后，它又开始抓自己身上的小虫子，从头到脚弄得干干净净，就连后脑勺这样难抓的地方它也没有放过。它只有一个想法，千万别把小虫子带到新家里。

等把身上的小虫子弄干净之后，它叼着小松鼠来到新家里面。这里真干净，还散发着树叶的清香。

银松鼠把嘴里的小家伙放了下来，这个小家伙对周围充满好奇，东看看西看看。

银松鼠为了让小松鼠尽快适应这里，就陪它待了一会儿。然后，它对着小松鼠叫了几句，意思是妈妈还得回原来的家一趟，把其他的兄弟姐妹接过来。小松鼠听话地待在洞里，妈妈走了之后，它也没有乱动。

银松鼠从新家出来后，马上跑回原来的家里。这期间，旗尾巴一直坐在树枝上，看着妻子跑来跑去，自己一点儿忙也帮不上。有这么一个精明能干的妻子，它也愿意享福。

银松鼠叼着第二个孩子去新家，和之前那次一样，跑到中间的时候，它开始清理小家伙身上的小虫子，等弄干净之后它才把小家伙放到新家里，和第一个小家伙做伴。因为新家里已经有一只小松鼠了，所以这次它没有多做停留，急忙回去接第三个孩子……

就这样，来回奔波了几次，银松鼠终于把孩子们都接到了新家里，而且把每个孩子都弄得干干净净的。

最后，它对着坐在树枝上晒太阳的旗尾巴大喊：“孩子们已经弄干净了，你也得把身上清理一下，把小虫子都消灭了，不然就别回新家。”

旗尾巴听话地弄干净了自己身上的小虫子，好好检查之后，才跟在银松鼠的身后，兴高采烈地回到了新家，跟孩子们团聚在一起。

## 松鼠生存法则

旗尾巴一家安顿下来后，很快就到了风和日丽的五月。这个时候，小松鼠们第一次来到了外面的世界。虽然它们走得还不是太稳当，但它们由衷地喜欢上了外面的世界。

一天，三个小松鼠正待在洞穴附近的树枝上，舒舒服服地晒着太阳，突然，传来一阵恐怖的叫声，那是老鹰的叫声。旗尾巴和银松鼠马上用嘴叼着三个孩子，飞速回到洞里。三个小家伙迷迷糊糊的，还不知道发生了什么事。

接下来的几天，老鹰总过来巡视，每次都会发出可怕的叫声。只要一听到这种声音，银松鼠就会警告孩子们：

“敌人来了，赶紧躲藏起来！”

三番五次后，小松鼠们就明白过来，每次遇到这种情况，妈妈发出的叫声会很尖锐，跟平常温柔的声音不同。它们也懂得了其中的含义，以后只要一听到这种声音，就知道附近有危险，必须要小心，要赶紧躲到家里，而且不能发出一点儿声音。

随着天气日渐暖和，小家伙们也慢慢长大，越长越漂亮，身上的毛也越来越有光泽，它们的身手也越来越敏捷。

这三个小松鼠都非常可爱，每个都有着自己独特的个性。

老大是个哥哥，性格温顺，身体壮实，虎头虎脑的，它很像爸爸，力气很大。老大虽然长得最壮，却从来不欺负弟弟妹妹，每次父母发出危险信号时，它都会乖乖听话，或者赶紧回家，或者马上躲起来，所以父母对它最放心。

老二也是个哥哥，比老大身体差一点，但脾气倔强，总是不听父母的话，然而，它脑子非常聪明。有一次，在外面玩儿时，它看到地上有一个两条腿的动物，它从来没见过这种动物，就好奇地伸出头往下看，结果被发现了。其实，那是一个小孩子，看到松鼠之后，小孩马上用弹弓射它。幸好，没有打中，打在了旁边的树叶上。这让老二吓了一跳，赶紧跑回父母身边。

老三是个妹妹，跟两个哥哥相比，它就娇弱许多，经常跟父母撒娇，就算偶尔和哥哥们一起出去玩，也总是腻在妈妈的身边，它觉得只有跟父母在一起，才最安全。因此，旗尾巴和妻子最疼爱这个最小的家伙。

如今，三个小家伙已经长大了不少，是时候教给它们一些生存技能了。什么是生存技能？实际上就是生存的本领，这是非常重要的，直接关系到它们自己能否在大自然中生存下来。

妈妈负责来教它们，每当这个时候，妈妈就会变得异常严格，三个小家伙就会挨训。旗尾巴是助理，在妻子累的时候，顶替一会儿。它们教给孩子们这样的一些生存法则：

第一，任何时候都要保持身体的洁净，特别是尾巴，这是因为尾巴是它们的第二生命，只有保护好尾巴，它们才能安全地跳跃或者降落。

第二，出门之前，一定要先听听声音，看看外面是否有危险，确认之后才能出门。

第三，如果听到人类和猎犬的声音，千万不能向下看，也不能发出一点声响，要是在洞穴附近，要赶紧跑回洞里，要是不在附近，就要紧紧地贴在树枝上。一定要记住，千万不能动，要坚持一段时间。

第四，如果碰到正在飞行的老鹰，就得跑了，一定要躲到地上的草丛里或者附近的洞穴里。

第五，一定要小心蛇，特别在河边喝水时，蛇很可能就会出来。

第六，假如回家的路上看到了果子，就算肚子饱饱的，也要带回来几颗，等肚子饿的时候随时可以吃。

第七，一定要学会认清果子，有些果子是有毒的，吃了会毒发身亡的。

第八，不能在树枝上蹦蹦跳跳，因为如果踩到的是没有树皮的树枝，这样就没有摩擦力，走在上面容易摔下去。

第九，在地上行走时，要经常跳到高处，看看远方，再看看周围，确认没有危险靠近。

第十，假如一时半会儿分不清敌我，就要先晃一下尾巴尖儿，要是同类的灰松鼠，那么就是朋友，对方肯定也会晃一下尾巴尖儿，把你当成朋友。

第十一，常常练习跳跃，特别是向远处跳跃以及长距离的跳跃，只要学会了这个本领，就能摆脱黄鼠狼了。

第十二，傍晚的时候千万不要出门，因为狐狸都在这个时候出门觅食。

第十三，夜深人静时，千万不要离开自己家，因为好多夜行动物会出来觅食，它们的视力很好，比如说猫头鹰。

以及……

松鼠爸爸和松鼠妈妈想把自己掌握的生活经验和常识全都教给孩子们，小松鼠们也学得非常认真，要不然就会挨一顿训。

# 老二的命运

学习生存技能的时候，老大和老三非常认真，而老二非常贪玩，经常不把爸爸妈妈的话放在心上。比如说第八条，爸爸妈妈一再教导它们，不要在没有树皮的树枝上爬来爬去，因为那样的树枝太光滑了，爪子抓不牢固，容易摔下去。然而，老二偏偏找那种光滑的树枝向下滑，一下子就栽了下去。还好，它抓到了一个斜伸过来的树枝，才躲过一劫。

每次遇到这样的危险，老二都不吸取教训，始终不听爸爸妈妈的话。每一次爸爸妈妈上课时，都会单独提醒老二："老二，好好听着！一定要小心！"不过，老二都置若罔闻。每当旗尾巴看到老二不听话时，就会失去耐心，用家法伺候——用嘴巴使劲咬老二。不过这样的惩罚完全不起作用。但是，老大和老三都很用心地学习各种生存技能，牢记那些松鼠需要注意的事项。

六月来临时，森林里的动物们会经常出来凝视繁花似锦的山坡。

有一天，三个小松鼠正在家门口玩得高兴，突然从远处传来一阵嘈杂的脚步声，听上去很可怕。

守在一旁的银松鼠立即向它们发出危险信号，让它们马上躲起来，它自己也趴在身边的树叶上，紧紧地贴住树枝。

三个小松鼠听到警报后，马上躲到了安全的洞穴里。不过，过了一小会儿，老二伸出头来，它根本不想过这种躲躲藏藏的日子。它四处张望，心想："哪里像妈妈说得那么恐怖！一群胆小鬼！"

然后，它从洞里跑出去，跳到了树枝上，接着来到了它们经常玩耍的地方。它真的是天不怕地不怕！还暗暗地嘲笑自己的妈妈，还有哥哥和妹妹。那个脚步声都还没有走近呢，就算真的很危险，自己也可以马上爬到树上！

银松鼠一看老二跑了出去，着急得直叫唤。它不断地呼唤老二，让它赶紧藏起来，最好马上趴下！然而，老二根本不听它的话。现在，老二只想搞清楚那个声音到底是什么动物发出来的，因此它就待在树上，静静地等待着。

果然，这个脚步声向这边走过来。慢慢地，声音越来越近，原来是一个两条腿的动物和一只四条腿的动物。

凡是有些生活经验的丛林动物，看到这一对搭档，都会赶紧躲开，因为那就是猎人和他的猎犬。银松鼠灰心丧气地趴在树枝上，对于眼前发生的一切，它毫无办法！老二是初生牛犊不怕虎，不知道害怕是什么，由于它从来没见过这样的动物，好奇心让它把父母教给他的生存技能抛到脑后，它又从树上探出头来，想探个究竟。

这个时候，猎犬一眼就看到了它，立刻汪汪大叫，仿佛在告诉它的主人："前面树枝上有一只松鼠！快把它射下来！"

听到猎犬的叫唤，老二吓了一跳，开始意识到危险，想要赶紧逃跑。

这个时候，"砰"的一声，枪响了，老二从树上掉了下来。

那只猎犬炫耀似的大叫几声，在主人身边直打转，好像在对主人说："看吧，我说得没错吧！那就是有一只松鼠。"

不听话的老二，最后付出了生命的代价，它永远没有改过自新的机会了，再也看不到自己的爸爸妈妈了。

对于老二的丧生，旗尾巴和银松鼠非常难过。此后，它们更加关注老大和老三了。

# 毒蘑菇

夏天来了，森林里生机勃勃，灰松鼠们也换上了美丽的夏衣。

这段时间，旗尾巴十分好看，皮毛尤为光亮，尾巴也特别蓬松。

有一天，旗尾巴突发奇想，想要出门走一走。它已经教小松鼠们很长时间了，小家伙们也基本上掌握了生存本领，所以它想出去放松一下。

去哪里玩呢？它突然想起那个有红松鼠的森林来了，就去那里看看吧。旗尾巴在树枝上蹦跳着，这会儿它精神抖擞，全身充满了活力。

很快，旗尾巴就到了那个森林。森林里长了很多松树，到了夏天的时候，阳光越来越毒辣，很多松树上流出松脂，然后整个森林都弥漫着松脂的香气。旗尾巴非常喜欢这股味道。

旗尾巴跳到一棵树上，站稳之后，突然看见了以前和它打架的那只红松鼠。旗尾巴偷偷地贴在树枝上，想看看那只红松鼠在干什么。红松鼠正在使劲地拖着一个东西，喘着粗气向前走，完全没有察觉到旗尾巴在一旁偷窥。

那个东西看上去很重，样子也很奇怪，红红的，圆圆的，大大的，像是一把打开的雨伞。实际上，那是一个大蘑菇，不过从外形上看，这个蘑菇多半是个毒蘑菇。

现在，这只红松鼠一直拖着它，要是被地上什么东西给绊住了，或者蹭了一下毒蘑菇，它就火冒三丈地大骂一通。

正当红松鼠发脾气的时候，突然听到树上的一只鸟叫起来：

“快跑啊，敌人来了！”

红松鼠一听，赶紧扔下蘑菇，迅速爬到旁边的大树上。没等身体站稳，它一眼就瞧见了那只曾经打败过自己的灰松鼠，居然也在这棵大树上，这可把它吓坏了。等它愣过神来，马上决定不跟旗尾巴待在一起。于是，它凶狠地瞪了旗尾巴一眼，赶紧跳到另一棵树上。

也许是那只鸟想逗逗大家，实际上并没有发生什么事情。于是，旗尾巴从树上爬下来，它看到那只红松鼠已经跑远了，就跳到那个毒蘑菇的旁边，仔细地观察起来。

那个大蘑菇被拖在地上，裂了好几个口子，从中散发出一股怪怪的味道，也说不上来那是什么怪味。旗尾巴抽动着鼻子，闻了闻毒蘑菇散发出来的味道。它不知道这是毒蘑菇，只是觉得闻起来还挺香的，应该可以吃。

此时此刻，旗尾巴正好饿了，它想好好品尝一下这个诱人的大蘑菇。要是在平时，它也许会小心翼翼，可是眼下它太饿了，于是情不自禁地在裂口处咬了一口。真好吃啊，以前从来没吃过这么好吃的东西！

然后，它开始吃起来，最后连大蘑菇的根部，还有掉在地上的碎渣，都被它吃光了。

很快，旗尾巴就察觉到不对劲，身体里有一股狂躁不安的气流像是要喷发出来。它再也待不下去了，一会儿跳到树上，一会儿又落到地上，狂野的它根本就不在乎附近有没有危险，就连此时天上飞翔的老鹰，它都不放在眼里，要是老鹰飞过来，它都敢豁出去。

幸好老鹰已经吃饱了，瞧了一眼发狂的旗尾巴就飞走了。

旗尾巴实在太难受了，要是这个时候那只红松鼠出现了，一定会被旗尾巴痛打一顿的。还好，红松鼠了解自己，压根就没敢出现。

旗尾巴一路狂奔，疯狂地向它平时够不着的大树跳去，结果从半空中掉下来。虽然它晕晕乎乎的，也没忘记打开尾巴，因此安全地降落到地面上，没有伤着自己。

旗尾巴从地面上爬起来后，又狂奔到另一个森林里。刚跑出森林，又冲进农舍，最后像离弦之箭，冲到了山坡上。旗尾巴不停地奔跑，直到晚上才停了下来。这会儿，它筋疲力尽，一下子倒在地上，再也不想动了。

然而，脑子里有一个声音叫喊着："不行！你必须要回家！"

是啊，它的妻子和孩子们还在等它呢！于是，它踉踉跄跄地站起来，向着家的方向慢慢走去。最后总算回到了家里，它知道自己到达了目的地。回到家后，它再也撑不住了，把身体缩起来就睡过去了。银松鼠仿佛知道了自己丈夫的不幸遭遇，整个晚上都守在一边，不安地盯着旗尾巴。

第二天早上，旗尾巴终于醒过来了。昨天的一番折腾，让它浑身乏力，不想起床。它身上都是白色的呕吐物，那种味道闻起来真是让人恶心。

外面阳光明媚，银松鼠看到丈夫恢复过来，就像往常一样，带着两个小家伙出门寻找食物了。

旗尾巴独自留在家里。虽然外面天气不错，但它没有出门的心情。它在家里休养了整整一天。

傍晚的时候，旗尾巴才从家里出来。它来到附近的小河边，灌了一肚子的水，然后才慢慢地回到家里。回去以后，银松鼠帮它把身上的脏东西清理干净，还温柔地给了它慰藉。

旗尾巴又迷迷糊糊地睡了一个晚上，到了第二天早上，它感觉好多了，身体里又充满了能量。

# 上瘾

有一天，旗尾巴回到了上次中毒之后喝了一肚子水的小河边，它发现河面漂浮着一些银闪闪的东西，靠近一看，原来是毒蘑菇的碎屑！

旗尾巴用手够到一些碎屑，心想：“只吃一点点，不会有什么事情的。”

左思右想了半天，最后它还是没有经受住那种诱人气味的考验，把毒蘑菇的碎屑塞进了嘴里。

等它吃完手上的一点儿碎屑后，它更加想吃了。这种东西像是有魔力一样，会让人上瘾。贪吃的旗尾巴于是顺着小河跑到了上游一带。

其实，这条小河的上游就是红松鼠生活的那片森林，而旗尾巴刚才看到的蘑菇碎屑就是红松鼠吃剩下的。

这个时候，森林里到处都是毒蘑菇，离得很远都能闻到它们诱人的香气。旗尾巴馋得不行，拿起离自己最近的一个毒蘑菇吃了起来。真是太好吃了！旗尾巴一口气吃完了整个蘑菇，肚子都鼓起来了。

没一会儿，毒蘑菇开始发威了，上次中毒后的症状再一次出现在旗尾巴身上。它开始觉得自己力大无比，英勇无敌。它在森林里疯跑，嘴里不停地叫喊着。这会儿，它想把所有的红松鼠都找出来，好好地教训它们一顿。

此时此刻，它什么都不怕！看到平时老是欺负自己的水蛇，直接冲了过去。水蛇被这个突如其来且胆大包天的松鼠吓了一跳，匆忙躲开。旗尾巴又冲到树上，看到两只啄木鸟正在捉虫子，赶紧扑了过去，把啄木鸟吓得丢开刚找到的虫子，马上飞走了。

现在，旗尾巴看到谁就想跟它拼命，幸好它没有遇到自己的宿敌——人类和猎犬，真要碰到了，估计它也敢直接扑过去。

等到了夜晚，旗尾巴跑得筋疲力尽了，颤颤巍巍地回到自己家的那棵大树下面，好不容易才爬到树上去。

银松鼠一看旗尾巴又变成了之前那个样子，就不像第一次那么温柔了。它气冲冲地嘟囔着："怎么回事？又变成这样了！"简直就像一个妻子在责怪醉酒回家的丈夫。

和上次一样，旗尾巴在舒服的窝里迷迷糊糊地睡了一晚，第二天醒过来时浑身乏力，连起床的力气都没有了。银松鼠一早就带着孩子们出去觅食了，把旗尾巴留在家中。它浑身疼痛，虚弱得都站不起来。这一整天旗尾巴都躺在窝里，一动不动。

第二天晚上过去后，到了第三天早上，旗尾巴才感觉好一点。它来到那个小河边，又喝了一肚子的水，在附近找到午休的地方后，就惬意地睡了过去。

等到第四天，旗尾巴还是感觉不太好，吃完早饭，就躲在洞口附近的树枝上晒太阳。

又过了好几天，旗尾巴才完全恢复，又活力充沛了，身体也如从前般健壮。最近，它总是得了奇怪的病又自己痊愈了，搞得银松鼠和孩子们都迷惑不解："它到底在折腾什么？"

在红松鼠生长的那片森林里，长着很多这样的毒蘑菇，既然如此，为什么红松鼠还拿来吃呢？它们吃后难道安然无恙吗？它们的身体不怕毒蘑菇吗？实际上，原因很简单，红松鼠的吃法不同，否则它们也会和旗尾巴一样。红松鼠知道怎么吃而不会中毒。它们把蘑菇拔出来以后，不会直接吃，而是运到自己家附近的树顶上，把毒蘑菇晾干，这样一来，毒蘑菇就没有了毒性，吃起来就不会中毒了。

那一天，旗尾巴只看到红松鼠在搬运毒蘑菇，就赶紧把毒蘑菇吃进肚子里，它不知道后面还需要晒干蘑菇，所以，它吃了之后怎么能不中毒呢？

红松鼠祖祖辈辈传下来吃毒蘑菇的方法，这是大自然母亲赐予它们的礼物。因此，它们吃了毒蘑菇是不会中毒的。

# 惨重的教训

到了七月，雷雨多发，森林里经常电闪雷鸣。

扫描二维码
听导读

每年的这个时候，旗尾巴就会异常亢奋。它急忙跑到红松鼠生活的森林里。这个时节已经没有了新鲜的毒蘑菇，只有很多干枯的蘑菇，散发出奇怪的气味。旗尾巴不知道这种奇怪的气味到底怎么回事。其实，这是毒蘑菇正在向外排毒，其间会散发出这种气味。

为什么旗尾巴会在雷雨天气出去寻找蘑菇呢？这只是它的一种本能，内心有一种力量在召唤它。

实际上，毒蘑菇散发出来的气味非常难闻，旗尾巴闻了之后会恶心呕吐，不过，仔细闻闻，那股气味里夹杂了一股核桃的清香味，味道比新鲜的蘑菇还浓郁！

旗尾巴使劲抽动鼻子，它难以抵抗这股芳香的诱惑，于是大口吃起来。然而，刚吃了几口，它就觉得恶心，嘴巴也僵硬起来，那精心打理过的大尾巴也跟着麻木起来。

旗尾巴浑身变得僵硬，它很难受，脖子像被卡住了，口水无法抑制地流了出来，全身疼痛，不停地抽搐。它猛地跌到地上，刚吃进去的东西都被吐出来了。然而，就算把毒蘑菇吐出来，旗尾巴的症状也没有得到缓解，这些毒素已经进入了它的血液中，随着血液的流淌，遍及全身。

旗尾巴好不容易才走到一片草地里，找到一个丰茂的草丛躺了下来，它一点儿力气都没有，走起路来异常困难，根本没办法回家。它躺在草丛里，整个晚上都在反复地折腾，第二天早晨，它还在草丛里来回打滚呢。

这几天，旗尾巴一直待在草丛里，银松鼠和孩子们出来寻找它，可是没有找到它的踪迹。

在森林里，银松鼠心急如焚地大声呼唤："亲爱的，你去哪里了？快点回家啊！"不过，它没有收到旗尾巴的任何回应。

银松鼠虽然担心，但也没有办法，只能回家等待。

时间飞逝，就这样过去了一些日子。

在此期间，旗尾巴到底做了什么呢？它还活着，只是在草丛附近找了一个圆木墩，在那里过了几日。每天喝完水就睡，起来继续喝水，喝完再睡……过了四天，身体终于能动弹了。它走下山坡，在路上吃了一个草莓，感觉恢复了一些体力，但还是非常虚弱，没办法回到家里。

又过了一会儿，它看到一棵大树，上面有一个废弃的窝，离地面不太高，它使劲往上爬，最后爬进了那个窝里。对它来说，在树上的窝里待着，总比在地面上安全多了。然后，它又昏睡过去。

幸运的是，这些日子以来，旗尾巴竟然没有遇到一个敌人，也许是大自然在冥冥之中保佑着它吧。

旗尾巴在树上的窝里睡醒之后又去喝水、吃草莓，回来之后继续睡觉。过了几天，在一个晴朗的早上，旗尾巴被小鸟的叫声唤醒了，它感觉身体好多了，这一次能回家了。

旗尾巴舒展了一下身体，试着跳了跳，发现自己的身体已经恢复了，精神也好多了，于是想从树上跳下来。突然，它感觉尾巴很重，转身一看，尾巴上沾了一些松脂。它赶紧停了下来，先把尾巴清理干净，又跑到河边喝了一些水，擦了擦身体，一番梳理之后，才冲着家的方向跑去。

此时，旗尾巴已经在外面过了七天七夜。

旗尾巴欢喜雀跃地回到家中，以为迎接自己的是妻子热情的拥抱，结果没想到，银松鼠一看到它，马上带着孩子们回到家里，还把它挡在外面，不让它进门。

银松鼠以为，来者可能是敌人。旗尾巴为了证实自己的身份，赶紧摇了摇尾巴，向自己的妻子发出信号。然而，银松鼠并没有相信它，因为它太久没有回家了。

旗尾巴不停地摇晃银色的尾巴尖儿，慢慢靠近妻子。银松鼠伸出头来，使劲嗅了嗅旗尾巴发出的气味。旗尾巴也伸出头来，用胡须碰了碰妻子的胡须，也闻了闻妻子的气味。

经过一番辨认后，银松鼠才认出自己的丈夫，于是让旗尾巴进了门，回到家里。

旗尾巴在历经了一周的煎熬之后终于回到了家中，见到了妻子和孩子们。从这以后，它再也不敢贪吃了，它明白了有些东西能碰，有些东西是千万不能碰的，就算食物再诱人也不能吃，否则身体就会遭受折磨，甚至会丢掉性命。

有一次，旗尾巴带着孩子们出门觅食时发现自己生活的这片森林里也长着毒蘑菇。它一看到毒蘑菇，身体就不由自主地想要呕吐，想赶紧逃得远远的，它再也不想看到毒蘑菇了。孩子们一看爸爸表现得这么痛苦，就知道绝对不能碰这些毒蘑菇，要是吃进肚子里，肯定不会好受的。因此，它们看到这种毒蘑菇也都躲得远远的。

# 致命的游戏

在野外，动物们除了吃饭和睡觉外，每天都会做什么呢？它们有什么娱乐活动吗？实际上，它们一有空就玩游戏，这是它们都喜欢的生活方式，而且，在游戏中能够学到很多的生存本领。

灰松鼠们也一样。由于它们大多数时间都生活在树上，因此从小就会在树枝上嬉闹、跑跳，此外，它们还会跳高、滑滑梯、捉迷藏。它们灵巧地上蹿下跳，再钻到树底下的草丛里。这些游戏都是松鼠从小玩到大的，在玩耍的过程中还能锻炼身体。

到了夏天，老鹰经常来这一片森林里巡视，那些胆大而强壮的松鼠喜欢戏弄老鹰。大家都知道，老鹰是一种凶猛的飞禽，有时候会在树枝上停留休息，有时候会在高空中盘旋飞翔，有时候会突然俯冲下来，偷袭像老鼠和青蛙这样的小动物。和老鹰玩耍会非常刺激，如果不小心就会被它抓住，丢掉小命。

然而，旗尾巴喜欢逗老鹰玩。因为它身体强壮，不怕老鹰，反而还觉得非常有趣。它胆大心细，不仅能在树上跳来跳去，还能在树枝间自由穿行，熟练地降落到地上，因此每次都能从老鹰眼皮底下逃生，还把老鹰气得火冒三丈。

旗尾巴一看到老鹰从上空掠过，就会跑到老鹰看得到的地方，故意摇晃自己那根蓬松的大尾巴，猖狂地挑衅老鹰。

要是老鹰不理睬它，它就站起身来，不停地叫唤，好像在说：“喂，我在这里呢。有本事过来抓我啊，谁怕谁啊！”

老鹰一看有个不知死活的家伙居然敢挑衅自己，简直太不像话了！于是俯冲下来，朝着旗尾巴飞过去。开始时，旗尾巴会纹丝不动，看着老鹰离自己越来越近，眼看就要冲过来的时候，它就猛地躲到旁边的树枝上，让老鹰扑个空。然后老鹰就恼羞成怒地到处找它，它会突然从别的树枝上冒出头来，再冲老鹰叫唤：

"来呀，来呀，你抓不到我吧！"

这一下可把老鹰惹生气了，它又向旗尾巴冲过去。旗尾巴马上缩回头去，消失在树叶间。老鹰没来得及躲闪，直接撞到了树枝上，撞得头晕眼花。这个时候，旗尾巴又出现了，还在不停地叫着，仿佛在说：

"哦，真是好玩，太好玩了，快过来抓我！"

旗尾巴就是这样戏弄老鹰的。它每次都能成功逃脱，于是把这种危险游戏当成了日常游戏。

旗尾巴戏弄老鹰，就像斗牛士斗牛一样，首先引起牛的注意，在牛火冒三丈冲过来时，躲到一边，这样牛就会越来越生气，直到斗牛士离开，牛还在发疯似的奔跑。旗尾巴对自己充满自信，每次看到老鹰发火的样子，就会激动兴奋，因此总是不厌其烦地玩着这种游戏。

在这片森林的附近，有一只雄鹰经常被旗尾巴戏弄。这只雄鹰以老鼠和鸟类等一些小动物为食，偶尔也会吃松鼠。旗尾巴不仅不怕它，还经常把它气得火冒三丈。

有一天早上，旗尾巴像往常一样，又逗起了这只老鹰。老鹰俯冲过来，旗尾巴灵活地躲开了。最后，这只老鹰愤怒到极点，开始呼唤自己的妻子。

雌鹰很快就飞过来了。雄鹰再一次扑向旗尾巴，而旗尾巴急忙转身，跑到树上的另一边。要是在以前，旗尾巴肯定就躲开了，不过现在多了一只雌鹰，正好把旗尾巴的逃生路线给堵住了。

旗尾巴一看雌鹰堵住了后路，赶紧习惯性地绕到大树后面，然而，那只雄鹰正在对面等着它呢，这下可好了，必须得跟这两只老鹰拼个你死我活了。

银松鼠一直在树顶上观察着这边的战况。旗尾巴惊险刺激地左右躲闪，银松鼠也提心吊胆，为自己的丈夫捏了一把汗。如今丈夫大难临头，它毫无办法，急得掉下了眼泪。

旗尾巴一直在围着这棵大树绕圈，并用自己的大尾巴不停地攻击偷袭的老鹰。虽然每次都得以逃脱，不过老鹰改变了策略，想攻击它的身体。雄鹰先扑过来，旗尾巴立即用大尾巴反击，然后雌鹰也从另一边扑上来，旗尾巴只能转身，继续用大尾巴抽雌鹰，此时雄鹰又扑了过来。

旗尾巴被两面夹击，它不断地扭转身体，用力一跃，在原地高高地跳起。两只老鹰马上又扑上去，不过旗尾巴赶紧落到地上，这才没有被它们逮住。

之后，旗尾巴拼命跑到一片繁茂的草地里。它一边跑一边跳，很快就消失在葱葱郁郁的草丛中。那两只老鹰不停地在上空盘旋，想把旗尾巴揪出来，然而这些草遮住了旗尾巴的身影，它们只能无功而返。

旗尾巴躲在草丛里，一动都不敢动，生怕被老鹰发现。那两只老鹰找了一阵子，没有发现旗尾巴，只好放弃了，向远处飞去。

旗尾巴在这场苦战中被雌鹰抓伤了，伤势严重，流了不少血，幸好不伤及性命。不过，自此之后，旗尾巴的身上多了三道伤疤，永远都抹不掉，这就是它玩危险游戏的深刻教训。

有了这次经历，旗尾巴再也不敢戏弄老鹰了，它明白了什么样的游戏不能玩，如果太过冒险也许会为此而送命。

旗尾巴的家人也记住了这样一个教训——敌人来时，要像死了一样，屏住呼吸，纹丝不动，直到敌人走远。当它们躲藏起来的时候，即便猎人和猎犬也很难找到它们。

灰松鼠生存法则

## 大战黑蛇

松鼠通常生活在枝叶茂密的高树上，这样方便把自己隐藏起来。而且，它们需要喝水，因此附近一定要有水源。高树和水源是松鼠生存必不可缺的条件。

松鼠喜欢洁净的泉水或者河水，不喜欢池塘里的水，因为池塘里的水非常混浊，一些可怕的动物会躲藏在里面，而且池塘的周边都很泥泞，踩上去容易陷在泥里。

有一天，烈日炎炎，银松鼠趴在阴凉的树枝上睡午觉，小松鼠老三睡在不远处。每逢这个季节，灰松鼠总是容易疲劳、缺觉，经常睡不醒。炽热的日光晒着树枝，老三怎么也睡不着，无精打采，昏昏沉沉。它口渴了，想去附近的池塘里喝水。它悄悄地跳到地上，这个时候，银松鼠也醒过来，正好看到老三跳了下去。

在这种大热天，有一种动物精神抖擞，那便是黑蛇。现在，池塘边的一根原木上就趴着一条黑蛇，它正静候猎物的出现。

小松鼠从树上跳下来时黑蛇就知道它要来池塘边喝水了，不过，它假装没看见，纹丝不动地趴在原木上。

银松鼠察觉到了未知的危险，它赶紧也从树枝上跳下来，想把老三叫回来。

银松鼠刚跳到地上，可怕的事情就发生了。那条黑蛇猛地跳起来，张着大嘴，冲向老三，咬住了它的脖子。然后，黑蛇把身体蜷缩起来，把老三死死地卷住。它想憋死老三，然后再吃掉它。开始的时候，老三还能大声求救，很快，黑蛇越缠越紧，它的求救声越来越微弱，最后连声音都发不出来了。

银松鼠看到这种情况，迅速跑过来，跳到黑蛇身上，用自己尖锐的牙齿咬住黑蛇的身体。

被银松鼠咬疼了的黑蛇不由自主地松开了小松鼠，转身冲向银松鼠，然后用自己的身体缠住了银松鼠。银松鼠立即开始求救，可顷刻间被那条黑蛇紧紧缠住，它也发不出声了。

此时此刻，旗尾巴正在附近休息，听到了妻子的求救声，赶紧睁开眼睛，向声音传来的地方看过去。它看到妻子被那条可怕的黑蛇紧紧地缠住。银松鼠用它剩余的力气，摇晃着自己银色的大尾巴，不断地向丈夫或者其他灰松鼠发出求救信号。旗尾巴马上从树上跳下来，拼命朝着黑蛇跑去。

实际上，旗尾巴平时很怕这条黑蛇，因为这条黑蛇长得既恶心又吓人。然而，现在妻子命悬一线，它什么也顾不上了。旗尾巴向黑蛇猛扑过去，用尖利的牙齿使劲地咬住黑蛇的身体，咬到了黑蛇的骨头。

那条黑蛇气急败坏，马上转身咬了旗尾巴一口，咬在了旗尾巴的肩膀上。好在肩膀的皮肉最厚实，黑蛇咬的这一口并没有造成多大的伤害。旗尾巴转身想咬住黑蛇的咽喉，那是黑蛇身上最薄弱的部位，也是能置它于死地的部位。旗尾巴狠狠地咬了一口，这下子黑蛇受不了了，赶紧松开银松鼠，身体疼得扭来扭去。黑蛇怒气冲冲地把旗尾巴卷了起来，死死地缠住旗尾巴。

旗尾巴慢慢地没有了力气。刚被松开的银松鼠又扑了过去，一口咬住了黑蛇的脑袋，把它两眼之间的地方给咬烂了。然后，它又咬住黑蛇的两只眼睛，活活地把黑蛇给咬瞎了。这下子，黑蛇完全看不见了。然而，银松鼠并没有放过黑蛇，而是继续咬个不停，把黑蛇的脑浆都咬出来了。

再厉害的蛇也受不了这种折磨。黑蛇疯狂地摇晃脑袋，想把银松鼠给甩下去，不过银松鼠死死地咬住黑蛇，就是不放开。黑蛇再也撑不住了，缠着旗尾巴的身体慢慢地松动了，旗尾巴赶紧趁机逃走了。

黑蛇疯狂地扭动着身体，向池塘边上爬过去，它完全看不见了，只能凭着感觉逃跑。旗尾巴、银松鼠和小松鼠都躲在一边，看着黑蛇逃走了。

正当黑蛇快到池塘边时，水里突然冒出了一个怪物的脑袋，跟松鼠的脑袋一般大，原来是一只老鳖。这只老鳖正睁着圆溜溜的黑眼睛，等着美食自投罗网。等黑蛇爬到水边，老鳖一口咬住了黑蛇的脑袋，把它拖到水里，吞进了肚子里。

就这样，旗尾巴一家三口离开了池塘，回到了自己的家里。在这次的战斗中，三个松鼠都受了伤，不过伤势都不太严重。

经过这件事之后，小松鼠老三懂得了一个道理：

千万不要去池塘边喝水，喝水时还得注意时间和方法。不要在烈日下出去喝水，因为水边会有一些纳凉的动物，比如黑蛇之类的，它们会在那里守株待兔，十分危险。最好选在早上或者晚上天气凉爽时再去喝水；也不要去光线强烈的水面喝水，因为有危险来临时，强光会让它们看不清敌人。

在这次遇险之后，老三更加不想离开妈妈，不敢独自在外面生活，它要永远跟妈妈生活在一起。

当旗尾巴一家三口回到窝里后，老大也回到了家里。在此期间，老大经常自己出门，已经很多天都没回来了。它逐渐适应了不跟父母一起生活的日子，想要自力更生，独立自主。然而，不知道为什么，它还是回到了自己的家里。

家人欢聚一堂，让这个小家庭变得无比热闹。它们见到对方都兴高采烈的，一家人团团圆圆，生活美满，还有什么比这更让人安心和幸福呢？整个晚上，它们都在安享这份天伦之乐。

# 偷果实的贼

松鼠生存的条件，除了要有干净的水源和高大的树木外，还要有结了果实的树木以及青草。

夏天快要结束时，森林里好多果实也马上就要成熟了，特别是松鼠们喜欢的松树和橡树，上面都结了很多的果实。旗尾巴家附近就有很多果实，它为自己选了一个好地方而自豪。果实的味道实在太诱人了，因此，没等果实完全成熟，旗尾巴一家人就急不可耐地采下来吃了。

树上的果实黏黏的，搞得松鼠一家人的身上也都黏黏的，脸上一片一片的，弄成了小花脸——不仔细观察，根本分不清谁是谁。然而，脸上脏了没关系，要是尾巴弄脏了，它们才会心疼呢。一旦遇到这种情况，它们会马上停下手中所有的事情，先把尾巴清理干净。

很快就到了九月，这个时候也是打猎的高峰期，猎人们要么独自出门打猎，要么三三两两地跑到森林里打猎。

森林里的果实那么多，都是怎么分配的呢？小动物们会不会抢来抢去？实际上，森林里有一条公平的法则——谁先发现了果实，并且在上面留下了气味，那个果实就属于谁。

在松鼠的世界中，有一条这样的规定：洞穴所在的树上结了果实，果实就属于筑巢者，就连附近树木上的果实也属于它们。除了果实之外，附近的土地也属于它们。在自己的地盘上，它们可以自由自在，因为它们是这里的主人。在划分地盘时，有没有严格的边界呢？当然没有。不过，地盘大了也顾不过来，所以松鼠们在占地盘时，占够自己用的就可以了。

根据这样的规定，旗尾巴家附近树上的果实都归它们一家所有，所以它们都特别高兴，心满意足！

然而，这只是松鼠世界里的规定，其他的松鼠也认可旗尾巴家附近的树上结的果实都归它们一家所有，不过其他的动物可不这么认为。到了果实成熟的季节，许多动物会为了这些果实从各个地方赶回来，像啄木鸟或者其他鸟类，就会跑过来把没有成熟的果实吃了，但是它们只能在现场吃，不能带走这些果实。即便如此，旗尾巴一家也觉得自己的利益被侵害了，所以每次这些鸟过来时，它们都拼命地想要赶走这些鸟。

除了鸟类，其他松鼠也会过来偷食这些果实，比如那只红松鼠，就是以前跟旗尾巴打过架的那只，也想过来偷点东西吃。它不仅自己过来，还带上了自己的妻子。

红松鼠明明知道这里是旗尾巴的地盘，每次都趁着旗尾巴外出或者午休时偷偷地溜过来。它会咬断很多结了果实的树枝，等树枝掉到地上，它就开始捡果实吃，吃饱之后再把剩下的果实搬回家。

有一天，旗尾巴正在睡午觉，突然被一阵奇怪的声音吵醒了，它仔细听了听，听到了“咔嚓咔嚓”的咀嚼果实的声音。它想着是小偷过来偷果实了，赶紧和老大一起冲出家门，去抓小偷。

红松鼠早就做好了准备，随时打算逃跑，因此一看到旗尾巴和老大冲过来赶紧和妻子带着剩下的果实，火速向着一个地方逃去。这肯定也是它们之前设计好的逃跑路线，要不然怎么会一点儿也不慌乱呢？旗尾巴并没有去追它们，它看到红松鼠已经跑了，就和老大回去继续睡觉了。

然而，狡猾的红松鼠夫妻并没有跑远，它们躲在附近，等旗尾巴它们离开后就趾高气扬地回到原地，继续偷运果实。

过了几天，旗尾巴的地盘里来了一群不请自来的客人。这是一群灰松鼠，就像秋季里四处旅行的旅游团一样，路过旗尾巴家的地盘时顺手就边摘边吃。

旗尾巴一家发现后，全家都跑出来抗议它们的行为，要是灰松鼠敢动武，旗尾巴一家就会以命相搏。

这是一场正义的战争，是为了保护自己的家园而进行的战争。

然而，当它们一家做好战斗的准备时，那群灰松鼠却胆怯了，一些胆小的已经溜走了。它们不想争夺地盘，只想顺便吃点果实，一看旗尾巴一家大无畏的样子，立刻感到羞赧。因此，当旗尾巴带头扑过来时，那些理亏的灰松鼠赶紧溜走了。

这一次，旗尾巴一家轻松就获胜了。

# 和森林的约定

转眼到了十月，树叶开始凋零，树上结的果实已经熟透了，不再黏糊糊的，变得非常干爽，有的外壳还裂开了，熟透的果实接连掉落到地上。

这个季节，也是松鼠最忙碌的时候，因为它们要储藏过冬的粮食，需要多多地采集果实。

旗尾巴刚出生不久，它的妈妈和兄弟姐妹就死了，它从小在农夫家里长大，没有学过采摘果实和储藏果实的本领。然而，现在旗尾巴早就学会了这些本领，是谁教给它的呢？没有人教它，而是它自己跟红松鼠学会的。

今年，旗尾巴决定要多采一些果实。因为去年采的果实不够，它还得在天寒地冻时出门觅食，今年它可不再那么愚蠢了，而且它早就学会了正确的采摘方法，再加上家门口又有那么多的大树，这一次它一定要采够了，这样冬天就不用出门了，可以在家里美美地睡觉了。旗尾巴一家四口准备多采些果实，顺便教两个孩子采摘的本领。老大和老三非常好学，在父母的带领下，很快就学会了采摘果实。

采摘果实有很多注意事项，首先要挑选果实，不是所有的果实都适合搬到家里，比如有一些内部被虫子吃空了的果实，就不能往家里搬，因为那样的果实里面什么也没有了，完全不能吃，最好扔掉，不然白白地浪费力气。那么，怎么才能辨别空心的果实呢？旗尾巴有自己的秘诀，它先用爪子掂掂，要是特别轻，就说明里面已经被虫子吃光了；要是有点轻，说明虫子还躲在里面呢，还没把果实蛀空，这个时候就要掰开果实，吃掉里面的虫子，然后再丢掉那个果实；要是正常重量的话，也要闻一闻它的味道，味道对了，才能证明这个果实适合储藏。

选好果实之后，就该储藏了。

旗尾巴先把选好的果实在嘴里放了一小会儿，这样就能留下自己的气味，然后叼着果实，跳到不远处，开始用爪子挖坑。它需要挖到能埋下果实，且不被其他动物闻到果实气味的位置，这样才算挖好了坑。接着，旗尾巴把叼着的果实埋到这个坑里，再用前爪把坑填上，有时还会用鼻子帮忙填土。最后，再踩一踩，把坑踩结实了，在上面盖上树叶，假装这个地方从来没有被挖过坑。

以上就是旗尾巴储藏果实的过程。然而，还有一个非常关键的步骤绝对不能忘，它不属于储藏果实的流程，但是贯串于整个过程，那便是随时监控附近的敌人，一旦发现敌情，马上赶走它们。经常有一些不劳而获的家伙躲在一边，等旗尾巴一家埋好了果实，就跑出来把它们辛辛苦苦储藏的粮食刨出来吃掉。如此一来，给旗尾巴一家增加了很多工作量。因此，除了要挖坑埋藏果实之外，还得提防这些小偷。实际上，那些小偷都很胆小，旗尾巴一发出凶狠的叫声，它们就知道自己被发现了，这个地盘的主人马上就会追过来，然后它们就吓得四处逃窜。

那一天，旗尾巴一家四口都在不断地找果实、选果实、埋果实，它们忙得不可开交，在附近挖了几百个坑，埋了几百颗果实。

十月底的某一天，天气阴沉，整个晚上狂风怒吼。第二天早上，旗尾巴一家看到地上都是被大风吹落下来的果实，这下可好了，不用跑到树上采摘果实了。接下来一整个星期，旗尾巴一家都在忙着挖坑埋果实，每一颗果实都经过了它们仔细地挑选、挖坑和埋藏，它们每天都能埋下上千颗果实，辛勤的劳动终于有了收获。同时，它们也赶走了很多小偷。忙碌完一个星期之后，它们虽然精疲力竭，却心满意足。

秋天快要结束时，旗尾巴一家四口在森林里埋藏了一万多颗果实。

冬天来临了，森林里的粮食大大减少，旗尾巴一家就把秋天埋的果实挖出来，以填饱肚子。红松鼠是把所有的果实都埋在一个地方，相比起来，也许旗尾巴一家的做法有点傻。然而，大自然既然安排旗尾巴这样的灰松鼠如此来藏果实，那么肯定有它的道理。要是这些果实没有埋藏在不同的地方，那么它们就不会发芽，更不会长成参天大树。这是什么道理呢？仔细想想，旗尾巴一家整个冬天都以这些果实为生，它们埋了那么多果实，总有一些它们找不到或者忘记了的果实，那些被剩下来的果实，到了春天，就会生根发芽，慢慢地长成小树，最后长成大树。

也许，很久以前，灰松鼠和树木的祖先曾约定：树木把自己的果实送给松鼠当食物，松鼠帮忙把果实埋到地下，其中一些果实发芽后长成新的大树，而后结出果实，再送给松鼠的后代当食物。就这样，生生不息，循环不停。因此，每年秋天，松鼠们都辛辛苦苦地埋藏果实。

有些可恶的猎人以捕猎松鼠为乐趣，这是极其残忍的行为，更是破坏大自然生态的行为。假如松鼠被杀光了，再也没有动物会认真地埋藏果实了，久而久之，没有新生的大树长出来，树木就会变少，最后整个森林就会消失。因此，捕杀松鼠等于毁灭整个森林。

当我们来到繁茂的森林里时，可能会看到像旗尾巴这样的松鼠，它们是旗尾巴的同类，这些松鼠一直和森林里的万物共生。

作为大自然中的一员，松鼠们也一直恪守着和树木的约定，默默地守护着森林。让我们祝愿这些活泼可爱的灰松鼠永远快乐地生活在树梢，祝愿大自然这道绿色的保护伞永远保护着我们的星球。

# 03

# 真实的狼孩故事

扫描二维码
听导读

## 森林边上的幸福家庭

这是一个发生在法国的真实故事。

法国最大的原始森林郁郁葱葱，无边无际，在森林的边上，有一个小村庄，有一户人家住在村庄靠近森林的地方。

这户人家有三个家庭成员，爸爸基恩、妈妈莉莉和他们六岁的女儿麦莉。他们经营着自己的小农场，生活安稳，幸福快乐。

基恩家的房子就在森林的边上，是他们自己动手搭建的。院子里种着葡萄，还养了一只羊、一群鸡和几只猪。院子的后面就是浩瀚的原始森林。他们一家人勤劳俭朴，从来不浪费东西。基恩夫妇很恩爱，就连做饭的时候都形影不离。他们还经常在农忙时帮助村里的其他人。

总而言之，一家三口过着幸福美满的生活。

过了几年，他们积攒了一些钱，开始为女儿准备未来的嫁妆。

在原始森林里，生活着一群狼。村民们从来没见过狼出没，不过每天晚上总是能听到从森林深处传来狼的嗥叫声。

村民们并不害怕这些狼，这是因为原始森林里的狼从来没有袭击过他们。

村民们都说："这里的狼与众不同，从来不攻击人类！"

森林里的狼真的不攻击人类吗？即便是在饥肠辘辘的时候？难道它们真的像村民们所说的那样，性格温顺、品性善良？众所周知，在法国，曾经发生过狼吃人的事情，这些狼疯狂地偷袭人类，让人毛骨悚然；还有围攻巴黎的著名的狼王。不过，同样在法国的土地上，这个村庄会与众不同吗？这个原始森林里的狼群和可怕的食人狼难道不是血脉相连的吗？

当然没有例外！在这个原始森林里生活着的狼和吃人的狼一脉相传，都如恶魔般凶狠狡诈。

然而，这个森林里的狼为什么没有袭击村里的人呢？为什么如此驯服呢？

其实，道理非常简单。在久远的过去，人们用刀和弓箭来狩猎和防御，这些武器对狼来说不足为惧，后来，人类发明了猎枪，狼十分惧怕这种威力大的武器。于是，它们看到拿着猎枪的人类就敬而远之。

慢慢地，狼也变聪明了，尽量远离人类。

不过，狼毕竟是野兽，基因里野性难改，它们仍然以捕猎鹿和其他动物为生。

就这样，过了没多长时间，发生了一件事。这群从来没有攻击过村庄的狼，把麦莉家的小羊吃掉了。同一时间，麦莉也不见了踪影。

到底发生了什么事情呢？

麦莉家的院子后面就是原始森林，在靠近森林的地方，有一块杂草丛生的空地，麦莉每天都会带着家里的小羊过来吃草。麦莉虽然只有六岁大，但她也是人类，而狼群因为惧怕人类，于是不敢靠近小羊。

然而，麦莉是个活泼开朗的小女孩，总是四处乱跑，不会一直待在小羊身边，一般她把小羊牵到草地上，任由它吃草，然后自己跑到旁边玩耍，或者去地里找点儿吃的。到了晚上，她再把小羊牵回去，安全地带回到羊圈里。

麦莉的父母从来不担心会发生什么事情。虽然森林里的狼时不时地会袭击村里的小牛和小羊，但还没有袭击过人类。因此，他们也不太在意。

然而，可怕的事情还是发生了。

# 麦莉失踪

事情是这样发生的。

那是七月的某个傍晚，麦莉的父母如往常一般，向正在玩耍的女儿喊了一句："麦莉，回家啦，把小羊带回来！"

麦莉听到之后，回应道：

"好的，妈妈！"

然后，麦莉到森林的边上找小羊去了，准备牵着羊回家。

妈妈正在做饭。过了半小时，饭已经做好了，可麦莉还没有回家。妈妈打开窗户，又冲着森林的方向叫喊道：

"麦莉！快点回家啦！饭做好了！"

没有一丝回应。

麦莉的妈妈想："再等一会儿吧！"于是转身去收拾房间了。又过了二十分钟，麦莉还是没有回来。这回，妈妈赶紧让爸爸去找一下麦莉。

麦莉的爸爸来到那片空地上，找了一圈都没有找到麦莉和小羊。

这会儿，妈妈也赶了过来。

两个人不停地呼唤着女儿的名字，可没有得到任何回应。后来，他们检查了一下地上，找到了女儿和小羊的足迹，旁边还有一只狼的脚印，但没有发现任何撕咬打斗的痕迹。那里没有衣服的碎片，也没有小羊的血迹。

循着麦莉和小羊的足迹，他们来到了森林的深处。走到一半时，爸爸说：“我去把村里的人叫来，一起寻找麦莉！”然后，他匆忙回村子里了。

妈妈心急如焚，一个人继续向森林深处走去，一边走一边呼唤着女儿的名字：

“麦莉……麦莉……”

突然，从森林的深处传来一声：

“嗷呜……嗷呜……嗷呜……”

这是狼在追击动物时发出的声音，令人胆战心惊。

这个时候夜色已深，森林也慢慢地变黑。很快，麦莉的爸爸带着村里的猎人和砍柴人追到了妈妈，他们带着猎犬，打着灯笼。

只走了一小会儿，眼前就出现了让人惊愕的一幕。

地上到处都是血迹，小羊的皮被撕扯下来，碎骨头遍地都是。奇怪的是，大家没有发现和麦莉相关的东西。

由于夜色渐深，猎犬也失去了作用，村里人只能停止搜查，打道回府。

第二天，天刚蒙蒙亮，人们又来到了森林深处，继续搜索。这个时候，有个年轻猎人试图还原事情的经过：

“这件事从足迹上就能得出结论。麦莉拽着小羊的绳子向前走，走到这个土坑附近，麦莉崴了脚，不小心松开了小羊的绳子，小羊就顺势逃跑了。然后，麦莉追上小羊，牵起绳子，继续向前走。不过，走着走着就迷路了，把森林深处当成了家的方向，于是南辕北辙地走到森林深处。”

年轻猎人继续分析：“麦莉向森林深处走去，她听到了狼的嗥叫声，在她听来，狼的叫声和人的叫声很像，于是继续走下去。

过了一小会儿，麦莉从土坡上滑下来，牵着小羊的绳子再一次松开了。此时，跟在后面的狼蜂拥而上，把小羊咬死了。

这是从足迹和血迹上推断出的事情经过，但推测不出麦莉如今身在何处，状况怎么样了。有了新的线索才能做出判断。”

然而，再往森林深处走，是一条宽畅的石子路，无法看到足迹。年轻的猎人找了半天，还是一无所获。猎犬闻了闻地上的味道，也没什么收获。

麦莉真的离奇失踪了。

不过，去森林里找过麦莉的村民都认为：麦莉一定还活着。因为大家没有发现任何孩子被吃掉的痕迹，而且村里的孩子都知道去森林里找草莓、树根以及地上的果实来吃，这样起码不会把孩子饿死。

麦莉的父母焦急万分，每日都和村里的人到处寻找，但始终没有任何收获。

很快，雨季到来了。

村里的人都担心麦莉能不能活下来。不过，他们没有放弃，一直在寻找。每到晚上，村里的人会在高处点上火把，在自己家窗户上点上蜡烛，希望麦莉能够看到火光，找到回家的路。

过了几天，仍然毫无进展。时间久了，村里人便不点蜡烛了，他们都觉得麦莉不会回来了。

“六岁的孩子，怎么可能在森林里存活那么长时间呢？就算没有被狼吃掉，也会饿死或者冻死。这都多少天过去了！可怜的麦莉！”

只有麦莉的父母坚信，一定能找到女儿，而且每天都在寻找，虽然一直没有什么收获。

到了晚上，他们回到家里，就彼此安慰：“我们一定会找到女儿的！一定会找到的！”

**故事延伸**

读到这里，你觉得麦莉还活着吗？她到底遭遇了什么？发挥你的想象力，把可能会发生的故事写在下面吧！

# 森林里的妖怪

扫描二维码
听导读

时光如梭，眨眼间，几个月过去了。

这个时候，在距离森林五十公里的另外一个村庄，人们抓到了一个怪物。

那是村里两个烧木炭的人去森林里干活时抓到的。那个怪物长得和人很像，满身黄毛，和狗一样大小。当村民们想上去仔细查看时，那个怪物突然逃跑了。它跑步的姿势很奇怪，一会儿用四条腿跑，一会站起身跑，这两个人花了一个多小时才把它抓到。这个怪物被抓住后一直哇哇乱叫，而且一转身就把烧炭人咬了。

其实，他们抓到的并不是怪物，而是一个小女孩。她身体赤裸，黄色的头发披在身上，就像狼的鬃毛一样。她的衣服肯定早被树枝划烂了。

她外观上很像人，但是言行举止却像野兽。她会像狼一样嗥叫，还会咬人呢！看上去很像是传说中的“森林妖怪”。

这个消息传播开来，很多人从远方赶来，想看一下这个被称为“森林妖怪”的狼孩儿。

麦莉的父母也来到了这个村庄，想弄清楚这个狼孩儿是不是自己的女儿。村里人把他们带到关押着“森林妖怪”的房子里。

麦莉的妈妈只看了一眼，就向狼孩儿扑过去：

“麦莉！我的孩子——我是你妈妈呀！”

那个狼孩儿吭哧吭哧地大叫着，左右躲闪，跑到了一个角落里，对着妈妈龇牙咧嘴，像狼一样嗥叫：

“嗷呜……嗷呜……”

围观者大吃一惊，纷纷露出疑惑不解的表情。麦莉的妈妈恳求大家：

“请大家先出去一下，让我和这个孩子单独待一会儿。”

于是，围观者散开，屋子里只剩下麦莉的妈妈和这个狼孩儿。这个时候，麦莉的妈妈跪在地上向上帝祈祷，然后温柔地跟狼孩儿讲话，身体慢慢靠近那个孩子。

麦莉的妈妈嘴里唱着麦莉以前喜欢的儿歌，一步步来到麦莉的身边。过了一会儿，妈妈伸出颤抖的双手，抚摸着麦莉乱蓬蓬的头发，然后继续抚摸麦莉那被晒得黢黑的手脚。

在母亲温柔的抚摸下，麦莉的叫声逐渐平息下来，慢慢地变成了小声的哭泣，妈妈赶紧把孩子紧紧地抱在怀里，此时此刻，妈妈再也不想松开自己的双手，激动得痛哭流涕。

“麦莉，你还认识妈妈吗？我的宝贝呀！”

突然间，麦莉想起来了以前的事，浑身颤抖，扑倒在妈妈的怀里，号啕大哭：

“妈妈！妈妈！妈妈！”

就这样，狼孩儿麦莉终于回到了父母身边。